KB039100

기차길 나그네길 평화의길

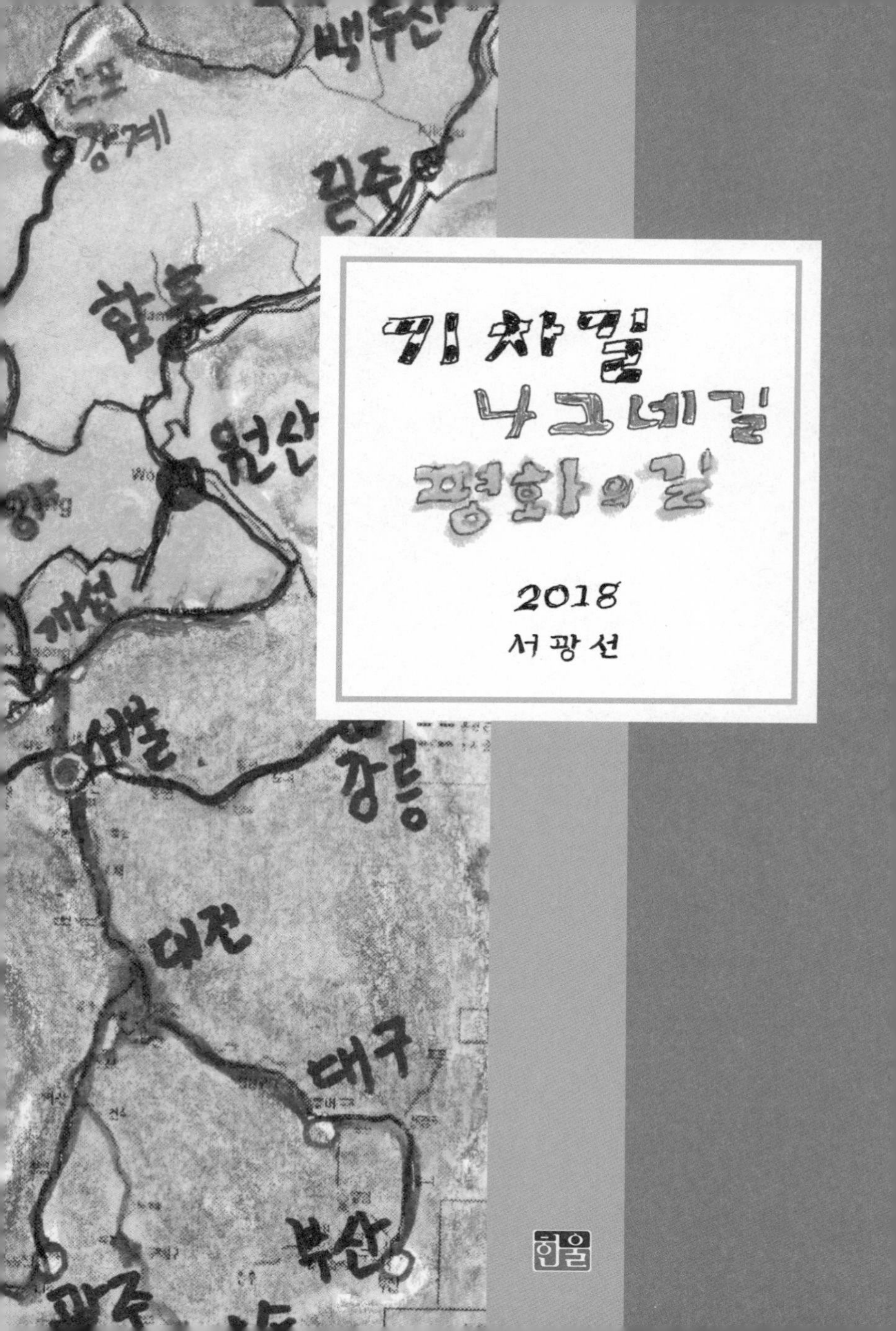

기차길
나그네길
평화의 길
2018
서광선
한울
백두산
강계
길주
함흥
원산
개성
서울
강릉
대전
대구
부산
광주

이야기를 시작하며

여기 내어놓는 이야기는 내가 좋아하는 기차 여행, 기차 길, 기차 정거장, 기차 칸, 기차 식당차, 기차 안 도시락, 기차 여행에서 만난 사람, 기차 여행 동행자 이야기입니다. 기차 이야기를 글로 쓰고 싶다는 생각은 우연히 생긴 게 아닙니다.

'행복 전도사'로 알려진 서울대학교 명예교수인 오종남 박사의 소개로 어떤 모임에서 박석민 철도청 광주본부 영업처장을 알게 되었고 그의 최근 저서, 『기차에서 핀 수채화』(행복에너지, 2018)를 흥미 있게 읽게 되었습니다. 이 자그마한 책의 부제는 "행복은 기차를 타고 온다"입니다. 이 제목을 보고 화들짝, 나의 인생과 기차의 기억들이 떠올랐습니다. '정말 내 인생의 행복은 기차를 타고 왔던가?'라고 생각했습니다.

일제강점기에 태어나 항일 목사 아버지를 따라 고향을 버리고 만주로 망명하기 위해 기차를 타고 압록강을 건너야 했던 쓰리고 아픈 기억이 떠올랐습니다. 나에게는 행복이 아니라 불행과 아픔, 사랑하는 이들과의 이별과 눈물이 기차와 기차 정거장과 연결되었습니다.

기차라는 것, 철도라는 것이 우리 가족의 망명을 위해서, 그리고 고향 땅을 버리고 만주로 도망가야 하는 실향민을 위해서 존재하는 것이 아니라, 일본제국주의가 아시아 침략전쟁을 위해서 군대와 군사물자를 실어 나르기 위한 침략과 약탈의 도구였다는 걸 의식하며 정치적 갈등을 경험하기도 했습니다. 6·25 전쟁을 평양에서 겪고 대동강 철교가 폭파되는 것을 목격하면서 이 정치적 갈등이 더욱 심화되는 것을 통감했습니다. 기차와 철도는 즐거운 여행, 행복한 신혼여행, 친구들과 함께 수학여행 다니는 교통수단일 뿐 아니라, 전쟁과 침략과 약탈의 제국의 무기이며, 전쟁과 약탈에 시달려 피란과 망명의 교통수단이라는 아이러니에 시달렸습니다.

전쟁과 침략과 약탈을 위해서 부설된 철도가 우리 한반

도에서는 남북분단으로 인해 그리고 6·25 전쟁으로 인해 끊어졌습니다. 남북한 분단으로 인해 휴전선 따라 국토가 분단되었을 뿐 아니라, 남과 북을 오고 가던 철도와 도로도 끊긴 것입니다. '비무장지대'를 만들어 남과 북의 한반도 주민들이 서로 왕래하지 못하게 중무장하고 철도와 도로를 끊고, 철조망으로 철도와 도로를 막아버렸던 것입니다.

우리는 그렇게 70여 년 동안의 세월을 살아왔습니다. 그러면서 언제 또 전쟁이 터질지, 이번에는 그 무시무시한 핵폭탄으로 온 나라가 황무지가 되는 핵전쟁을 하게 되고 우리 금수강산이 세계지도에서 사라지게 되는 것이 아닌가, 이제 피란 갈 데도 없으니 주저앉아 핵전쟁의 화염에 타 죽는 것밖에……. 체념하고 있었습니다. 6·25 전쟁 때는 그래도 화물차 꼭대기에 붙어서 기차 타고 서울로 부산으로 피란 왔지만, 핵전쟁이 터지면 기차를 탈 기회도 없고, 기차를 타고 피란 갈 곳도 없기 때문에 절망적이었습니다.

북한의 김정은 위원장이 2017년 가을까지 핵폭탄을 만드는 데 성공했습니다. 이제 그 핵폭탄을 대륙간탄도미사일ICBM이라는 로켓에 실어 날아가게 하면, 미국 수도나 뉴욕까지도 핵폭탄 세례를 받게 된다는 위협을 하면서, 미국이 이에 대응해서 남한에 사드THAAD라는 레이더 무기를 들여놓고 북한의 로켓이 뜨기만 하면 떨어뜨린다고, 그리고 핵전쟁을 마다하지 않겠다고 엄포를 놓기 시작했습니다. 한반도에 사는 우리 같은 사람들은 속수무책 당하게 되면 당하는 수밖에 없다고 체념 상태였고, 하루하루 먹고사는 일에 바빠서 핵전쟁에 대해서 신경을 쓸 사이도 없었습니다.

그런데 놀랍게도, 평창 동계올림픽을 계기로 남과 북의 갈등이 해소되고 핵무기를 포기하고 평화를 이야기하자는 북조선 김정은 위원장의 신년사로 사정이 급변하기 시작했습니다. 놀랍게도 남과 북의 두 정상이 2018년 4월, 판문점에서 손잡고 분단선을 오가면서 평화를 논하고 비핵화를 약속하더니, 6월에는 미국의 트럼프 대통령과 김정은 위원장이 싱가포르에서 한반도의 평화 정착을 논의하고 북한은 '완전한 비핵화'를 약속했습니다. 그리고 남과 북의 정상은 9월에 제3차 정상회담을 평양에서 열고 비핵화와 평화 정착, 그리고 공존공영의 길을 논의하고 백두산에 올라 평화의 기상을 온 천하에 퍼뜨렸습니다.

9월 남북 정상회담에서 두 정상은 비핵화와 함께 한반도의 평화 정착을 위한 여러 가지 정책에 합의하면서 교류 협력 확대와 민족경제 발전을 위한 실질적 대책의 일환으로 제일 먼저 "금년 안으로 동해안과 서해안에 철도와 도로 연결을 위한 착공식을 개최한다"라는 소식에 나는 박수를 쳤습니다. 나의 기차 이야기를 꼭 써야겠다, 내 기차 이야기는 나의 피란민 생활, 떠돌이 나그네 인생의 이야기만이 아니라, 이제 죽기 전에 평양에 우리 집 할머니와 아들, 손주, 며느리 모두 함께 기차를 타고 가서, 6·25 전쟁 때 반공 목사로 순교한 아버지의 묘를 찾아 성묘하고, 고향 땅 강계까지 다녀와야겠다는 희망으로, 평생의 꿈을 생시에 이룩해야겠다는 간절한 생각으로, 이 이야기, 기차길 이야기, 나그네 인생길 이야기, 이제 전쟁과 침략의 기차길이 아니라, 평화의 기차길 이야기를 하게 되었습니다. 이 늙은이의 꿈이 살아생전 이루어지지 않더라도, 우리 아들, 며느리와 손자, 손녀들은 이 꿈을 이루게 되기를 간절히 바라는 마음으로 이 이야기를 쓰는 것입니다.

나와 같이 나그네 인생길을 걸어온 아내 함선영이 이 이야기책을 우리 이야기책으로 생각하고 사랑과 관심으로 감수하고 편집하면서 지나온 인생을 이야기할 수 있었던 것은 큰 기쁨이며 보람이었습니다.

2018년 10월

설악산과 금강산에 단풍이 한창일 때 일산에서

서광선

차례

2부 기차길, 평화의길

1부 기차길, 나그네길

1. 이별과 눈물의 기차 정거장

내 인생 처음으로 경험한 기차와 기차역은 이별의 장소이고 눈물과 슬픔의 상징이었다. 내 나이 10살 때, 1941년, 평안북도(지금의 자강도慈江道) 만포滿浦역, 기차 정거장에서 만주로 떠나는 아버지와 어머니, 동생들을 부둥켜안고 이별의 눈물을 한없이 흘렸다. 외할머니께서 우리 집 장손인 나는 절대로 만주로 보낼 수 없다고 고집하셔서, 가족과 함께 만주로 갈 수 없었다. 종교적인 이유와 정치적인 이유로 아버지를 따라 떠날 수 없었다.

아버지는 강계에서 미국 선교사가 시작한 영실학교에서 공부하고, 평양에 위치한 평양신학교에서 1년간 목사 공부를 하고, 압록강 근처 시골에서 교회 전도사로 일했다.

1931년, 일본제국주의가 아시아 전체를 정복하려고 만주를 무력으로 점령하고 괴뢰정부를 세웠다. 이어서 1937년

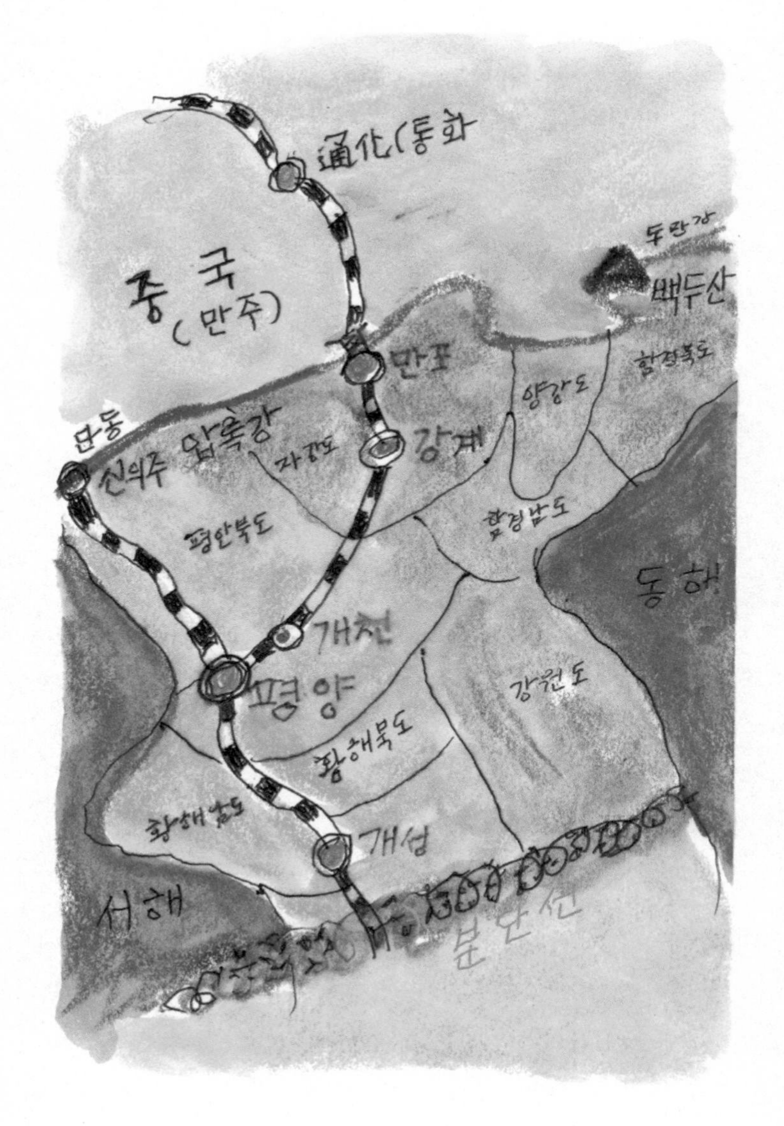
通化(통화
중국
(만주)
두만강
백두산
만포
함경북도
양강도
단동
압록강
강계
자강도
신의주
평안북도
함경남도
동해
개천
평양
강원도
황해북도
황해남도
개성
서해
분단선

중국 본토에 진격하면서, 한국 사람들과 일본 사람들은 한 몸이라고 주장하면서 학교에서는 일본말로 가르치고 말하고 글 쓰고 배우게 했다. 결국은 우리 한국 사람들이 조상으로부터 물려받은 이름과 성씨까지 일본식 이름으로 고치라고 강요했다. 나아가서 아침마다 동쪽, 일본 천황이 산다는 곳을 향해 90도 허리를 굽히고 절을 하라고 강요했다. 기독교 목사들과 신도들에게 동네 산 위에 세워놓은 일본 군대 귀신들을 모셨다는 신사神社 앞에 가서 절하고 손뼉 치는 우스꽝스러운 짓을 하라고 강요했다.

아버지는 우리 집안 식구들의 이름 고치는 일에 끝까지 버티다가 경찰까지 몰려와 강요하는 바람에 별 뜻도 없는 일본식 이름을 지었다. 우리 성은 오오모토大本라고 했다. 그리고 내 이름은 에이이치榮一라고 했다. 아버지의 설명으로는, 가가와 도요히코賀川豊彦라는 일본인 목사가 빈민촌 선교로 유명한데, 그분이 쓴 소설, 『사선死線을 넘어서』의 주인공 이름이 에이이치榮一였다. 그러나 일본 경찰에 대한 복종은 거기까지였다. 아버지는 기독교인으로서 일본 군대 귀신들을 모셨다는 신사 앞에 가서 절하고 손뼉 치는 해

괴한 짓을 할 수 없다고 버텼다. 경찰서에 붙들려 가서 매도 많이 맞고 갖은 수모를 당하면서도 기독교인은 절대로 우상숭배를 하면 안 된다는 종교적인 이유를 대면서 끝까지 저항하셨다. 아버지는 종교적인 이유만이 아닌 것 같았다. 어떻게 한국 민족과 한국 땅을 집어삼킨 일본 군대 귀신 앞에 절할 수 있느냐? 민족정신으로 도저히 용납할 수 없다는 것이었다. 아버지의 신사참배 거부는 종교적일 뿐 아니라 정치적인 것이었다. 무엇보다 민족주의 이념과 신념에서 그랬던 것이었다.

아버지는 결국 일본 경찰의 압박에 의해 교회에서 쫓겨나왔다. 그리고 압록강가 만포라는 국경도시에서 잡화상, 식품점 장사를 시작했다. 장사가 너무 잘되었다. 우리 식구는 난생처음 하루 세끼 쌀밥에 고깃국을 먹을 수 있게 되었다. 그런데 그것이 문제였다. 아버지는 교회 목사가 되려고 신학교를 다녔고, 평생 목사로서 청빈한 삶과 섬기는 삶을 살기로 하나님 앞에 약속했는데, 장사를 하고 아이들을 부잣집 아이들처럼 기르는 것이 죄라고 생각했다. 학교 은사인 미국 선교사를 찾아가 고민을 털어놓았다. 미국 선교사는 반색하며 압록강을 건너 만주로 가서 거기서 도망간 한국 농민들과 독립군을 위해 교회를 세우고 일하라고 권했다.

성격이 우직하고 성질이 급한 아버지는 그 자리에서 그렇게 하리라 결심하고 일어나 집으로 와서 아무 설명 없이 이삿짐을 싸라고 명령했다. 식구들은 아무 말 없이 복종했다. 이 소식을 어머니를 통해 전해 들은 우리 외할머니는 펄쩍 뛰었다. 물론 완전 반대셨다. 아버지와 외할머니 사이에 논쟁이 오가다가, 결국 맏아들인 나는 만주로 가지 않게 되었다. 나만 외할머니 댁에 가서 살기로 하고, 우리 식구는 나를 뒤에 두고 기차로 압록강을 건넜다. 나는 어린 나이에 이것이 마지막 생이별이구나, 하면서 내가 업어 기른 누이동생을 마지막까지 부둥켜안고 울었다. 기차가 떠나기 직전까지.

나의 인생 첫 번째 기차에 관한 기억은 이별의 슬픔과 아픔이었다. 이별과 눈물의 기차 정거장이었다.

2. 압록강 철교를 넘어서

중국 만주로 향해 떠나가는 아버지와 어머니, 그리고 동생들과 만포역에서 생이별을 하고, 외삼촌에게 이끌려 신작로 길 위를 털털거리며 달리는 시골 버스로 몇 시간 걸려 외할머니 댁으로 갔다.

외할아버지는 그 마을에서 이름 있는 목수였다. 우리 어머니의 남동생, 외삼촌은 평양의 명문 기독교 학교인 숭실학당과 숭실전문학교를 졸업하고 몇 년 동안 시골 학교 선생을 하다가, 내가 외삼촌 학교에 전학했을 때는 교감선생님이었다. 내가 편입학한 시골 학교는 전체 학생 수가 100명이 넘지 않는 작은 학교였다. 6학년 학생이 모두 셋밖에 안 되는 교실에서 공부했다. 한 교실에 1, 2학년이 함께 공부하고 선생님 한 분이 두 학년 학생들을 돌보고 가르치는 일을 했다.

그래도 나는 그 작은 시골 학교가 좋았다. 교감선생님 조카라는 이유로 학생들이 날 좋아하는 것 같아서 좋았다. 그 시골 학교에서 외삼촌에게서 일본식 정구도 배우고, 친구들과 축구를 즐기면서 공부도 잘한다는 칭찬도 받았다.

외할머니의 극진한 사랑과 돌봄으로 나는 건강을 되찾고 몸무게도 늘고 해서 한마디로 행복한 소년으로 자라고 있었다. 외삼촌의 서재 벽에는 삼촌이 썼다는 붓글씨로 '순간성화瞬間聖化'라는 네 글자가 들어 있는 붓글씨 액자가 걸려 있었다. 나는 외삼촌에게 "그 한자들은 읽을 수 있는데 뜻을 모르겠다"라고 했다. 삼촌은 액자 속 한자 네 자 글 뜻을 소상하게 가르쳐주었다. 삼촌은 독실한 기독교인이었고, 그 네 자는 삼촌의 좌우명座右銘이라고 했다. 설명을 하시면서도, "지금은 내가 무슨 말을 하는지 잘 모르겠지만, 너도 크면 알게 될 거야" 하며 내 머리를 쓰다듬어 주었다.

외삼촌은 시인이기도 했다. 하루는 서울의 ≪동아일보≫에 보낸 시조가 당선되었다고 축하연을 하고 모두들 좋아했다. 나는 그 시조를 아직도 기억하고 있다.

이기랴 못 이길 건 이 내 몸이 기로구나
오늘도 일곱 번을 나하고 싸웠어도
이 내 몸 못내 이김을 설어 설어 하노라.

외삼촌의 이름은 김경보, 우리 어머니는 김경숙이었다.

그리고 1년 후, 나는 다시 만포 기차역에 서서 만주로 가는 기차를 기다리고 있었다. 외할머니 집에서 그렇게 행복했지만, 어머니와 동생들이 그리워 1년 이상 외로움을 참을 수가 없었다. 눈물을 흘리며 섭섭해하시는 외할머니와 이별을 하고, 홀로 시골 버스를 타고 만포역으로 가서 만주 통화通化역으로 가는 기차표를 샀다.

중국 만주로 건너가는 철교는 길게만 느껴졌다. 그리고 왜 그리도 시끄러운지, 마치 고향을 뒤로하고 미지의 세계로 정처 없이 떠나는 나그네의 통곡 소리처럼 들렸다. 하긴 그 많은 고향을 버려야만 하는 그 많은 나라 잃은 백성들의 한 맺힌 한숨과 울음이 섞여 있었을 터이니, 그렇게 들렸을 것이다. 내가 탄 기차 칸은 절반 정도로 남루한 시골 가족들이 타고 있었다. 압록강을 넘어 중국 만주 땅에 들어섰는

데도, 중국 사람 승객은 별로 보이지 않았다.

저녁이 되어 만주 벌판을 기차는 하염없이 달리고 있었다. 창밖에는 저녁노을 사이로 유난히 크고 붉은 해가 지평선에 걸려 있었다. 갑자기 나라 잃고 외국으로 큰 뜻을 품고 망명길에 오르는 독립운동가의 애수哀愁 같은 것이 내 작은 가슴을 시리게 하고 있었다. 나는 또 알 수 없는 눈물을 흘리고 있었다.

3. 기차 달리는 소리

기차를 타고 압록강을 건너 한국에서 중국으로 가는 사람에 따라 압록강 철교를 건널 때 들리는 기차 소리가 다를 것이다. 물리적으로 말한다면, 그 소리는 쇠바퀴가 철로 위를 굴러 달리면서 생기는 덜컹거리는 쇳소리에 불과하다. 기다란 쇠몽둥이를 연결해서 철로를 만들 때, 몽둥이 사이를 몇 밀리 정도 띄어서 부설해야 한다고 한다. 그래서 철길의 쇠몽둥이와 쇠몽둥이 사이에 간극이 생기는데, 기차가 달릴 때 나는 덜컹거리는 소리는 기차 바퀴가 그 간극을 지나갈 때 생긴다고 한다.

2018년 요사이 서울의 지하철을 타면 그런 덜커덩 소리가 들리지 않는다. KTX를 타도 그런 쇳소리가 나지 않는다. 그런데 무궁화호를 타면 옛날 같지는 않지만, 귀를 기울이면 덜커덩덜커덩 쇳소리를 내면서 달린다.

한국 땅을 떠나 압록강 철교를 건너는 기차를 탔을 때 그 쇳소리가 유난히도 요란했다. 사랑하는 사람을 떠나 정처 없이 떠나가는, 특히 고향을 떠나 이국땅으로 떠나가는 사람의 마음에 그 쇳소리는 슬프디슬픈 이별의 울음소리로 들린다. 그러나 그립던 어머니와 동생들을 만나러 압록강을 건너는 기쁨과 그리움으로 가득 차 있는 나에게는 그 쇳소리가 노랫소리로 들렸다. 그런데 왜 눈물이 났을까? 압록강을 건너는 내 가슴을 울리게 하는 것은, 이 두 가지 감정이 뒤섞여 있어서였던 것 같다. 좋기도 하면서 슬프기도 한,

기쁘면서도 두렵고 불안한 소리가 기차 바퀴 소리와 함께 가슴을 울리는 것 같은, 그런 느낌…….

압록강 철교를 건넌 다음, 광활한 만주 벌판을 달리는 기차는 가끔 '뽀오오옹……' 하는 기적 소리를 울리면서 달렸다. 달리는 기차길에 장애물이 생겨서 울리는 경적, 경계하라, 비켜서라는 소리 같기도 하고, 이제 곧 기차 정거장으로 들어간다는 소리 같기도 했다. 또 기차가 기차 정거장에 머물러서 화물을 싣기도 하고 승객들이 내리고 타고 난 다음, 기차역 역장이 흔드는 깃발에 따라 출발할 때는, 유난히 길고 긴 기적 소리를 낸다. 나는 그 소리가 좋았다. 그 소리가 날 때마다, 내가 가는 목적지가 가까워지고, 내 식구들을 만나는 시간이 가까워진다는 것 때문이었으리라.

옛날에는 기차가 '칙칙 폭폭, 칙칙 폭폭' 하는 소리를 내면서 달린다고 했다. 동요에서도 그랬고, 동화에서도 기차가 '칙칙 폭폭' 달린다고 했다. 나는 그 소리를 자장가처럼 들으면서 깊은 잠에 빠졌다.

잠을 깨운 건 기차 정거장에 도착한다는 그 기적 소리, '뽀오오옹……' 하는 소리였다. 화들짝 잠에서 깨어보니, 나의 목적지, 통화역에 들어가고 있었다. 아버지가 플랫폼에 나와 기다리고 계셨다. 나는 외할머니가 챙겨주신 선물 꾸러미와 보따리를 메고 기차에서 내렸다. 그리고 아버지에게 달려가서 꾸뻑 절했다.

아버지는 아무 말도 안 하시고 돌아서서 뚜벅뚜벅 앞서 걸음을 재촉하셨다. 시골로 가는 버스를 타야 했다. 만주 벌판에 어울리지 않아 보이는 산과 언덕을 넘어 시골 버스는 힘들게 달리고 있었다. 노오란 흙먼지를 날리면서 꼬불꼬불한 길과 비탈길을 몇 번이고 지나, 중국식 오두막 같은 집들이 옹기종기 보이는 마을로 들어섰다. 길가에 세워진 말뚝에는 '쾌대모자快大帽子'라는 서투른 한자로 그 마을 이름이 적혀 있었다. 버스 정거장 둘레는 온통 수수밭과 옥수수밭이었다.

오두막 같은 중국식 집에 들어섰을 때 나를 기다리고 있던 어머니가 행주치마에 손을 닦으면서 부엌에서 달려 나와 나를 부둥켜안았다. 그리고 하염없이 눈물을 흘리고 있었다. 동생들은 내 등을 어루만지고 있고, 그리고 방 안에서는 아이 울음소리가 우렁차게 들렸다. 내가 외할머니 댁에 떨어져 있을 때, 만주에서 새로 태어난 내 막냇동생의 울음소리였다. 만주에서 태어났다고, '만선滿善'이라고 아버지가 이름을 붙였다는 것이 동생들의 설명이었다. 낯선 이국땅 만주에서의 나의 생활은 그렇게 시작되었다.

4. 기차와 제국주의

만주 농촌 시골에서의 생활은 가난과 질병으로 고통스러웠다는 기억이 지배적이다. 아버지가 시작한 만주의 시골 교회에는 50명 정도의 교인들이 모여들어 우리말로 찬송을 부르고, 소리 내어 기도드리고, 『성경』을 읽고 아버지의 설교에 귀를 기울였다. 당시 한국 인구의 80퍼센트가 문맹이었다고 하니, 한글 『성경』을 읽으면서 한글을 깨우치는 일이 교회가 하는 일이었다. 소학교 5학년생인 나도 어른들과 아이들을 모아놓고 밤늦게까지 호롱불 아래서 『성경』을 읽으면서 한글을 가르쳤다. 만주에 먼저 온 가족 품에 안기면서 마음의 평안과 함께 보람을 느끼면서 낯선 땅 만주 생활을 즐겼다.

그 황량한 시골 생활은 오래가지 않았다. 아버지가 신학교 공부를 계속해야 한다고 만주 서쪽, 당시 봉천奉天(지금의 심양瀋陽) 남쪽의 본계호本溪湖라는 공업도시에 있는 한국인 교회 초청을 받아 이사하게 되었다. 평양에 있던 신학교가 신사참배 문제와 대동아전쟁미일 태평양전쟁 발발과 함께 문을 닫고, 미국 선교사들이 한국에서 철수하는 바람에 평양에 채필근 박사가 평양신학교를 시작했다. 서울에는 김재준 목사와 송창근 목사가 성남교회에 조선신학교를 개교하면서, 만주 봉천, 그러니까 지금의 심양에 봉천신학교라는 이름의 한국인 신학교를 개교했던 것이다. 우리 아버지는 그 신학교에서 신학 공부를 계속하게 되었다.

우리 식구는 다시 통화역으로 나가서 봉천행 기차를 탔다. 아버지와 어머니, 나와 세 남동생들과 외동딸인 누이동생, 이렇게 일곱 식구가 이삿짐 보따리를 메고 지고 먼 길을 떠났다. 떠돌이 피란민 행색이 따로 없었다.

멀고 먼 여행을 위해선 기차가 있고, 만주 각지에 부설된 철도가 고마웠다. 제국주의 억압과 착취와 수탈에 못 이겨 고향을 버려야 했던 식민지 백성에게 그나마 기차가 있고 철도가 있어서 다행이었고, 고맙기까지 했다. 일본제국주의의 피해자들이 가해자가 자기네 목적을 위해서 부설한

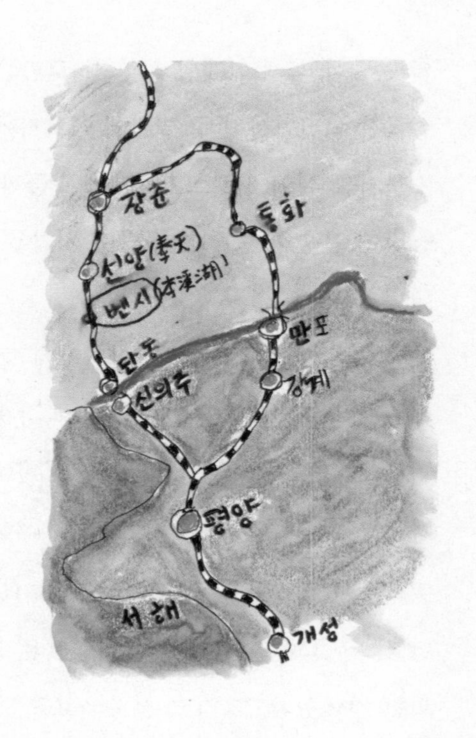

철도에 대해 고마워해야 하는 신세는 결코 고마운 것이 아니었다. 구슬픈 아이러니다. 일본의 제국주의 침략자들이 한국의 근대화를 위해서, 그리고 식민지 생활을 견딜 수 없어서 도망가는 난민과 망명가들을 위해서 한국 전역에, 만주에 철도를 부설한 것이 아니었다. 인천에서 서울로 군대를 운송하고, 부산에서 서울로, 그리고 서울에서 신의주로, 압록강을 건너서 만주 벌판에 이르기까지 일본 침략군과 군수물자를 실어 나르고, 석탄과 광물과 철강을 일본의 군수공장에 운송하는 수송 수단이 기차였고 화물차였고, 철도였던 것이다.

한국 땅에 철도를 놓아 아시아에 그 침략의 야욕을 실현해야겠다는 일본제국주의의 침략 정책은 1894년 청일전쟁 이전인 1892년부터 시작되었다는 것이 역사가들의 증언이다. 을사 능욕을 당하는 과정에서 대한제국(고종)은 일본의 철도부설을 위한 부지를 헐값에 내어놓을 수밖에 없었다고 한다. 전국의 철도 연변의 토지소유자들과의 갈등은 불가피한 것이었다. 그리고 철도부설을 위한 저임금 노동력은 한국이 제공하는 수밖에 없었다. 그 노동력 착취는 오늘의 우리 상상을 초월하는 것이었다. 노동력 착취뿐이겠는가, 산속의 굴을 뚫으면서 터뜨린 그 수많은 다이너마이트 폭발에 희생당한 우리 조상들의 생명을 잊을 수가 없다.

우리가 한국 땅에서 만주 땅으로 기차를 타고 망명길에 오를 수 있었던 것은 일본제국주의가 놓은 한국 철도의 두 바퀴 간격이 만주에 놓은 철도의 그것과 동일했기 때문이었다. 시베리아 동토를 관통하는 9334킬로미터에 달하는 시베리아횡단철도TSR: Trans Siberian Railway의 두 바퀴 간격은 1535밀리미터인데 반해, 중국횡단철도TCR: Trans Chinese Railway는 1435밀리미터, 즉 100밀리미터가 좁다고 한다. 일본이 한국 철도의 두 바퀴 간격을 중국 철도에 맞춘 의도는 역시 만주 침략을 넘어 중국 침략이었던 것이 분명하다.•

창밖으로 전개되는 광활한 만주 벌판을 내다보며, 기차 여행을 즐기고 있는 어린 나의 작은 귀에 대고 아버지는 기차와 기차길과 철도의 역사를 강의하고 있었다. 항일 청년 그리스도인의 한 맺힌, 깊은 한숨과 분노와 함께.

• 정재정, 『일제침략과 한국철도, 1892~1945』(서울대학교출판부, 1999). 인터넷 포털 다음(daum)에서 '일제침략과 한국철도, 1892~1945'를 검색, 참조했다.

5. 기차로 통학하는 신학생 아버지

한국에서 이렇게 저렇게 농토를 빼앗기고 고향 땅을 등지고 압록강을 건너 만주로 망명·피란민으로 이주한 떠돌이 농사꾼들이 모여서 사는, 그 작고 가난한 동네에서 1년 좀 넘게 살았다. 아버지가 목사가 되기 위해서 망명 신학교라고 할 수 있는 봉천신학교에 편입학하기 위해 만주 서쪽 중심에 위치한 봉천에서 남쪽으로 기차로 두 시간 정도의 거리에 있는 일본 군수공업 도시 본계호로 이사하게 된 것이다. 본계호 도시의 중심에 흐르는 강가에 중국식 긴 단층집 한 켠(켠은 편의 평북 사투리)에 예배실이 있고, 그 바로 옆에 우리 일곱 식구가 기거하는 단칸방과 부엌이 있었다. 그 옆으로는 각종 잡화상과 식당이 붙어 있는, 그런 기다란 집에 살게 되었다. 아버지 교회에 모여드는 한국 사람들은 이번에는 농사꾼들이 아니라, 일본 군수공장에 다니는 노동

자들과 기술자들, 그리고 그 가족들이었다.

30대 후반에 다시 신학생이 된 아버지는 목회 일에 열심을 다했다. 새벽 기도회가 끝나는 대로 책가방과 점심 도시락을 싸들고 기차 정거장으로 달려가, 봉천행 기차를 타야 했다. 그리고 저녁 늦게 다시 기차로 집으로 돌아오시면 저녁을 드는 둥 마는 둥, 교회 일을 보시다가 우리 형제들이 잠든 후에 귀가하시고는 했다.

그러던 어느 날, 가을이 깊어가고 겨울이 오고 있는 무렵, 야밤중에 "불이야, 불이야" 하는 고함 소리에 잠에서 깨어났다. 온 집 안이 연기로 가득 찼고, 붉은 불길이 방 안으로 쳐들어오는 것이 눈에 들어왔다. 놀란 가슴에 알몸으로, 속옷 차림으로, 집 밖으로 뛰쳐나왔다. 아무것도 들고 나올 수 없었다. 그렇게 우리는 목숨만 건지고 불길 속에서 도망쳐 나왔다. 그 기나긴 중국식 집은 완전히 타버렸다. 어머니는 그 일이 있은 후 점점 더 쇠약해지고 있었다. 막내 출산 후유증에다, 영양실조에다, 불난리 트라우마에다…….

어떻게 아버지는 강 건너편 언덕에 번듯한 집을 얻어 단독 예배당으로 차리고 그다음 주일예배를 드릴 수 있었다. 아버지는 설교로 『구약성서』의 욥의 고난 이야기를 하시면서 눈물을 흘리며 이제 하나님의 축복을 기다린다는 희망의 메시지를 전했다. 나는 어린 마음에 하나님이 너무하신다고 원망했다. '우리 아버지가 무엇이 모자라서, 무얼 잘못했다고 하나님은 이렇게 아버지를 힘들게 하시나', 처음으로 던지는 신학적 질문이었다. 그게 '신학적 질문'이라는 것도 모르면서…….

그사이 예배당 근처에 제법 큰 목사 사택으로 이사 들어갔다. 목사 사택에서 10분 거리에 한국인 소학교가 있었다. 나는 6학년에 편입학되었는데, 동기생들이 10명 정도였다. 그중 대부분이 결혼한 아주머니들 아니면, 나의 아저씨뻘 되는 어른들이었다. 12살 된 동급생들은 한두 명밖에 되지 않았다. 나는 이 학교에서도 최우등생으로 칭찬과 대접을 받으며 동급생들과 선생님들의 사랑을 받았다. 게다가 담임선생님은 여선생님이었는데, 우리 아버지가 한국 시골에서 교회 일 보실 때 그 교회 장로님의 딸이었다. 서울에 있는 이화여자전문학교를 다니다가, 정신대로 일본 군대에 끌려가 몹쓸 일을 당한다는 무서운 소문에, 만주 우리 집으로 도망쳐 온 것이었다. 그 선생님의 이름이 김연희 선생님이었다.

나는 학교를 쉬는 날이든가 방학에는 아버지 따라서 봉천에 놀러 가서 거리 구경도 하고 아버지가 다니는 신학교 구경도 했다. 신학교라야, 봉천이라는 도시 중심에 있는 한인촌 한가운데 서 있는 예배당이었다. 나는 그때까지 그렇게 웅장하고 큰 벽돌집 예배당을 본 적이 없어 너무도 신기했다. 아버지는 그렇게 큰 예배당이 정말 예배당이고 아버지가 그동안 시골에서 목회하던 교회 예배당은 사실 예배당이라 할 수 없다고 설명해 주셨다. 이제 아버지도 목사가 되면 저렇게 큰 벽돌로 된 예배당에서 설교할 수 있을 거라고 아주 자신 있게 말씀하시던 기억이 난다.

난 아버지 따라 아버지 신학교가 있는 큰 도시 봉천에 기차 타고 왕래하는 것이 즐거웠다. 무엇보다도 벽돌로 웅장하게 서 있는 일본식 건물 봉천역에 드나드는 것이 몹시 신나고 자랑스러웠다. 아버지가 학교 일을 끝내고 저녁때 집으로 돌아가기 위해 남쪽으로 내려오는 기차를 타면, 만주벌판 너머로 붉은 해가 지면서 온 천하를 붉게 색칠하는 신비로운 화폭에 빠져 넋을 잃었다. 기차 창문에 매달려 광활한 광야 지평선을 넘어가는 크고 붉은 태양에 온몸과 마음이 빠져들어 가는 것을 느끼면서…….

6. 어머니, 어머니, 사랑하는 어머니

지금 생각해 보니, 나는 어려서부터 우리 어머니를 '엄마'라고 불러본 적이 없었다. 여러 가지로 엄격한 목사 아버지였지만 '엄마'라는 호칭을 쓰지 말라고 하신 것 같지는 않은데, 나는 어려서부터 '아빠'라고 아버지를 불러보지 못했고, '엄마'라고 말하는 같은 또래 친구가 이상하게 느끼기까지 했다. 어찌 되었건, 우리 어머니는 우리나라 최고의 미인이라고 생각했다. 가는 곳마다 동네 사람들 역시 "강계 미인", 평안북도 강계의 산 좋고 물 좋은 동네에서 태어난 미인이라고 '칭찬'이 자자했다. 나는 그 이상으로 어머니는 마음이 정말 아름답고 착한 미인이라고 생각했다. 성격이 급하고 과격한 아버지가 교회에서 조금이라도 마음에 들지 않는 일이 생겨, 어머니에게 당장 짐을 싸서 이사 가야 한다고 할 때, 어머니는 단 한 번도 질문을 하거나 반대하거

나 불복종한 일이 없었다. 그리고 나를 비롯해서 아이들이 아버지의 꾸지람과 함께 종아리를 맞게 되면, 어머니는 아무 말씀도 안 하시고 피가 흐르는 종아리에 '만병통치약' 멘소래담을 발라주시면서 눈물을 흘리셨다. 어머니는 우리 형제들을 눈물과 기도로 길러주셨다.

나는 본계호에 하나밖에 없는 일본 중학교에 입학하게 되었다. 거대한 제철 공장을 위해 일본에서 이민 온 회사 간부들과 기술진과 노동자들이 모여서 사는 일본인 동네에 세워진 일본 중학교였다. 본계호에는 한인 중학교가 없었다.

한인 중학교에 진학하려면 두만강 근처의 용정龍井에 가야만 했는데, 집에서 너무 멀다고 아버지는 들어가기가 힘들지 몰라도 집에서 가까운 시내의 일본 중학교에 지원하라고 하셨다. 일본 학생들은 거의 입학시험 없이 입학했는데, 한국 학생은 20 대 1의 경쟁률로 어려운 입학시험을 치러야 했다. 그런데 내가 그 경쟁을 뚫고 합격이 되었던 것이다. 아버지와 어머니는 물론이고 우리 집에 기거하시던 우리 한인 소학교 담임 김연희 선생님이 제일 기뻐하셨다. 아버지 교회 식구들은 목사님 아들이 '과거 시험'에 합격했다고, 그것도 일본 중학교에 입학이 되었다고 큰 잔치를 벌이기까지 했다.

병약해진 어머니는 "우리 아들 광선이 입학하게 된 일본 중학교를 구경해야겠다"라고, 20리, 그러니까 8킬로미터의 산길을 걸어가야 하는 길에 나섰다. 숨이 차고 다리가 떨리는데도 몇 번이고 쉬어가면서, 일본 중학교 교문에 다다랐다. 궁원宮原(미야노 하라) 중학교 간판을 붙들고 어머니는 눈물을 흘리셨다. "우리 아들 장하다. 정말 장하다. 자랑스럽다. 공부 잘해야 한다." 나는 아무 말도 못 하고 고개를

끄떡이며, 어머니를 붙들고 눈물을 감추고 있었다.

어머니의 병이 폐결핵으로 진단을 받게 되자, 외할머니는 당장 어머니를 자기 곁으로 보내라고 야단이셨다. 아버지와 나는 어머니를 모시고 기차를 탔다. 중학교 1학년 봄 학기가 끝나고 여름방학을 이용해 한국으로 가는 기차를 탔다. 안동安東(지금의 단동丹東)을 지나 기나긴 압록강 철교를 건너 신의주 한국 땅에 들어가던 그 감격은 정말 표현할 길이 없었다. 정치적 망명객도 아니고 항일 투사도 아니면서 고국으로 돌아가는 한국 소년의 감격이었던가? 어린 중학생이 가누기 어려운 착잡한 감정으로 철교 아래 도도히 흐르는 압록강의 물길을 내려다보고 있었다. 우리가 살던 만주의 본계호에서 평안북도 강계 근처의 외갓집에 가려면, 압록강을 건너 신의주를 지나 평양에서 기차를 갈아타고 높고 깊은 산을 넘어가야 했다. 길고 긴 기차 여정이었다.

어머니를 강계 근처의 외갓집 외할머니 품에 맡기고, 다시 기차를 타고 평양을 거쳐 만주로 건너가는 압록강 철교의 한 맺힌 덜커덩거리는 소리를 뒤로하고 본계호 집으로 돌아왔다. 그리고 겨울이 지나고 다음 해, 내가 중학교 2학년으로 진학하는 1944년 봄 학기를 앞두고, 진달래가 피기 시작한 이른 봄소식과 함께 어머니가 하늘나라로 가셨다는 부음이 날아왔다. 부음을 듣고 다시 아버지를 모시고 한국행 기차를 탔다. 기차는 정확하게 시간표에 따라 달리고 있었지만, 왜 그리도 느린지, 일주일도 안 걸리는 거리를 한 달이나 기차 위에서 자고 깨고 했던 것 같았다.

어머니를 외가 시골의 산속에 묻어드리고 돌아오는 기차 안에서 나는 하염없이 울었다. 압록강 철교도, 한없이 달려가는 기차도, 만주의 허허벌판도, 서쪽 만주의 지평선에 넘어가는 붉은 해도, 어머니를 잃은 나에게는 아무 의미가 없었다. 왜 우리 착하고 아름다운 강계 미인, 고생만 하신 목사 사모님이 저렇게 젊은 나이에 우리 어린아이들을 버리고 떠나가셔야 하는가? 왜 그랬을까? 하나님은 너무 무심하신 거 아닌가? 가슴에 깊은 상처를 부여안고 이국땅 만주로 돌아왔다.

7. 해방, 귀향길, 다시 피란길

만주 집으로 다시 돌아왔다. 어머니가 보이지 않는 집은 빈집이었다. 나는 다시 울기 시작했다. 아버지는 나의 그칠 줄 모르는 울음과 눈물을 어찌할 줄 몰라 하셨다. 달래기도 하고 야단도 치셨지만 도움이 되지 않았다. 나를 안타깝게 쳐다보기만 하는 어린 동생들이 가여워졌다. 그리고 두려움이 엄습했다. 어머니 없는 동생들을 어떻게 할 것인가. 나는 도저히 내 힘으로 동생들을 먹이고 입히고 돌볼 수 없다고 결심했다. 그리고 눈물을 거두고 아버지에게 간청했다. 어서 속히 새어머니를 모셔 와야 한다고 간청하기도 하고 떼를 쓰기도 해보았다. 교회 장로님들도 그랬고 집사님들도 우리 집 아이들을 생각해서 새어머니를 모셔 오도록 애를 쓰고 중매에도 나서주었다. 우여곡절 끝에 우리가 살던 만주 본계호 서쪽에 위치한 또 하나의 일본 탄광 공업도시인 안산鞍山의 한인 교회 독신 전도사님이 우리 새어머니로 오시게 되었다. 그렇게 우리는 1944년의 가을과 겨울을 보냈다.

그동안 일본이 시작한 태평양전쟁에서 승승장구, 온 아시아와 동남아를 집어삼키는 것처럼 허세를 부리던 일본군이 미군의 공세에 후퇴를 시작하고 있었다. 우리가 사는 본계호의 철강공업 도시에도 미국 폭격기들이 날아와 폭탄을 퍼붓는 일이 자주 있었다. 1945년 내가 일본 중학교 3학년에 진학하는 봄 학기에는 학교에 가는 대신 공장에 가서 하라는 대로 허드렛일을 하면서 소일하고 있었다. 공장의 분위기나 학교의 인솔 선생님들의 표정이 점점 어두워지는 느낌이었다. 이런 분위기에 반해서, 우리 아버지의 교회 설교는 점점 활기를 띠기 시작한 느낌이었다. 이제 일본이 패망하는 날이 머지않았고, 우리 망명 그리스도인들은 옛날 이스라엘 백성들이 애굽(이집트)의 노예 생활에서 해방되어 가나안 복지로 돌아간 것처럼 이제 우리도, 우리의 가나안 복지, 한국으로 돌아가게 된다는 것이었다. 나는 아버지의 설교를 반신반의 별로 믿기지가 않으면서도, 그렇게 되기를 바라는 마음으로 경청하고 있었다.

1945년 8월이 되자, 세상이 떠들썩하게 원자탄이라는 가공할 만한 폭탄을 미국 비행기가 일본 히로시마에 떨어뜨려 수십만, 수백만이 타 죽고 몰살했다는 무서운 소식이 들려오고, 이어서 만주 북쪽에서는 붉은 소련 군대가 탱크를 몰고 한국 땅으로 쳐내려 갈 것이라는 소식도 들었다. 우리 중학생들은 동네 뒷산에 삽과 곡괭이를 들고 올라가서 구덩이를 팠다. 소련 전차들이 내려오다가 우리가 판 구덩이에 빠져 움직일 수 없게 되면, 일본 군인들이 즉시 폭파시킨다는 것이었다. 믿기지 않는 이야기였지만 일본 애들은 애써 그 말을 믿으려는 것 같았다.

8월 15일, 일본 친구들은 그날따라 땅을 파는 것이 아니라 그냥 맥없이 허우적거리는 것 같았다. 12시 정오가 되자 담임선생님이 우리 학생들을 불러 모았다. 일본 천황의 긴급 발표가 있다는 것이었다. 담임선생님이 손에 들고 들려준 단파 라디오에서는 일본이 미군에게 무조건 항복해서 전쟁이 끝났다는 천황의 맥 빠진 소리가 들려왔다. 선생님의 "사요나라……"라는 말이 떨어지자, 일본 친구들은 모두 소

815
1945

리 내어 울기 시작했다. 나는 친구들과 작별 인사할 생각도 못 하고, 산언덕을 헐레벌떡 뛰어내려 왔다. 아버지는 집 앞에 나와서 나를 기다리고 계셨다. 우리는 눈물을 흘리면서 만세를 불렀다.

우리는 짐을 싸들고 지고 메고 해서 한국행 기차에 올랐다. 새어머니는 물론이고 우리 여선생님과 함께 여덟 식구가 다시 피란민이 되어 귀국길에 오른 것이다. 내가 몇 년 전에 한국 압록강가의 만포에서 만주로 건너가던 때와는 전혀 다른 기분이었다. 나는 왜 한국으로 돌아가는 기분이 그때와는 전혀 다른지 이해가 되지 않았다. 한국으로 돌아간다는 의미가 무엇인지 딱히 말하기가 어려웠다. 막연하게나마 이제는 망명 생활, 나라 없는 백성의 신세를 면하는 것이 이런 것인가 생각하는 정도였던 것 같다. 아버지는 전혀 그렇지가 않으신 것 같았다. 우리는 모두 들떠 있었다고나 할까…….

우리는 압록강을 건너, 평양에 도착했다. 그리고 기차가 멎기 전부터 아버지는 짐을 챙기라고 명령하시고, 평양역에 도착하자마자 우리 모두를 기차에서 내리게 했다. 기차를 갈아타고 고향 땅, 강계로 간다는 것이었다. 그렇게 우리는 강계로 가는 기차로 갈아타고 외할머니의 시골집으로 쳐들어갔다.

8. 분단 한반도의 북조선에서

일제시대, 특히 일본이 미국의 하와이 진주만을 기습 공격하고 선전포고를 한 다음, 태평양전쟁 시대의 한국 민중의 삶은 거의 전적으로 일본제국주의 전쟁에 동원되었던 시대였다. 우선 수많은 한국 젊은이들이 일본으로 끌려가 탄광이나 군수공장에서 고된 노역, 위험한 일, 목숨을 바치는 일을 했다. 시골에 사는 어린 소녀들은 일본 공장에서 일을 하게 해준다고 유인되어 중국과 동남아시아 전쟁터로 끌려가서 성 노예로 인생을 송두리째 망쳐버렸다. 일본 청년들이 태평양 바다에서, 섬들에서, 아시아 대륙에서 목숨을 잃게 되자, 군인의 수를 보충하기 위해 일본에 유학하던 한국 유학생들은 '학도병'이란 이름으로 전쟁터로 끌려갔다. 빈 집을 지키고 있는 한국 여성들과 아이들은 산으로 올라가 소나무에서 송진을 빼내고, 이름 모를 나무에서 무슨 기름을 짜내서 전쟁터에 보내면 전차를 움직이는 연료가 된다고 했다. 그뿐만 아니라, 집에 있는 금붙이들을 모두 나라에 바치라고 했다. 쌀도 채소도 동네 가게에서 살 수 없어지고, 나라에서 준다는 배급으로 연명할 수밖에 없어졌다. 거의 모든 물자를 일본 정부가 관리하고, 배급하고, 빼앗아 갔다.

기차도 예외가 될 수 없었다. 기관차의 동력인 석탄을 공급할 수 없어졌다. 선탄을 모두 군수공장에서 사용했기 때문이다. 결국 목탄, 즉 숯으로 기관차에 불을 때서 그 불로 물을 끓여 수증기를 만들어 기차를 움직이게 했던 것이다. 그러니 험한 산의 고갯길을 넘어가려면 힘에 부칠 수밖에 없었다. 평양에서 강계로 가는 기차길은 내가 어렸을 때 만주에서 어머니와 아버지를 모시고 몇 번이나 왕래해야 했던 험한 산길이었다. 평양에서 출발한 기차가 한 두어 시간 뒤가 되면, 높은 고갯길을 몇 번이고 올라가고 수많은 굴을 지나가야 했다. 지금 기억으로 '개고개'라는 높은 고개를 넘을 때면, 목탄으로 움직이는 기차가 '칙칙 푹푹' 하고 힘차게 올라가지 못했다. '칙…… 칙……' 하다가 기차가 뒤로

개꼬개

미끄러져 내려가는 것이었다. 기차 안은 아수라장이 된다. 기차 의자를 붙들고 공포에 질려 있다가, 기차가 한참 뒤로 밀려 내려가다가, '푹푹, 푹푹' 하며 온 힘을 다해 다시 올라가게 되면, 모두 한숨을 쉬면서 "살았다"라며 옆 사람의 손을 붙들며 기차에 힘이라도 주려는 듯이 온몸에 힘을 주기도 했다. 가히 목숨을 건 기차 여행이었다. 그러나 내가 해방 전후해서 10년 동안 북한에 사는 동안, 그 개고개를 오르던 기차가 탈선했다는 소식을 들은 기억이 없다. 백두산 줄기를 타고 내려온 태백산맥을 넘는다는 것이 그리 쉬운 일이 아니었다. 그러나 기차 길가의 산세는 접근을 불허하는 험준險峻 산령이지만 풍경은 절경이라 아니할 수 없었다.

그렇게 외할머니 집에 우리 일곱 식구와 김연희 선생님까지 여덟 명의 식구가 피란민 행색을 하고 쳐들어갔다. 외삼촌은 그 동네 소학교의 교장선생님이었지만, 일본 사람들이 물러가고 1945년 가을 학기를 순 한국 학교로 시작해야 하는 일을 맡아 정신없이 이리 뛰고 저리 뛰고 있었다. 소학교 교장의 박봉이 끊긴 상태에서 갑자기 들이닥친 식구들을 먹여 살려야 한다는 것은 대단한 부담이었다. 게다가 우리 새어머니는 사랑하는 딸을 잃은 외할머니에게 슬픔과 아픔의 대상이며 정신적·감정적인 적일 수밖에 없었다. 독실한 기독교인인 외할머니는 "주여……" 하시면서 한숨을 쉬는 일이 많아졌다.

1945년 9월이 되면서, 아버지와 나는 다시 기차길에 올랐다. 아버지는 만주 봉천신학교 졸업장을 들고 목사 안수 절차를 밟으시느라고 동분서주하셨다. 그리고 나는 강계중학교 3학년에 편입학할 수 있었다. 그리고 동생들은 모두 외삼촌이 봉직하는 소학교에서 공부를 계속했다. 그러나 한 달도 못 되어 목사 아버지를 초빙한 시골 교회로 이사하게 되었다. 우리는 모두 다시 기차를 타고 몇 정거장 지나 새로운 동네로 이사했다. 그리고 김연희 선생님은 외할머니 집 동네에 사는 땅 부자 아들로 일본 유학에서 돌아온 사람과 결혼했다.

내가 편입학한 강계중학교는 일본 정부가 세운 공립학교였다. 1945년 9월 학기부터 학교 기숙사에서 생활하게 되었다. 남과 북이 38선을 가운데 두고 둘로 분단되었다는 소식은 가슴 아프게 듣고 있었지만, 중학교는 갈피를 못 잡고 있었다. 학교에서 교사로 학생을 가르치던 일본 선생님들은 모두 일본으로 돌아갔다. 뒤에 남은 한국 선생님들은 일본 학교를 '한국화'하느라 열심이었다. 학생들 사이에서는 북한에 쳐들어온 소련 군인들의 만행 소문이 퍼지면서 야만인들이라고 흉을 보고 있었다. 그리고 김일성 장군이란 자가 평양에 쳐들어와 공산주의 정부를 세운다고 하는데, "김일성은 가짜 독립군 장군"이라 수군거리고 있었다. 신의주에서는 중학생들이 김일성을 반대하는 시위를 하다가 경찰의 진압으로 많이 죽었고, 대부분의 학생 시체들을 압록강에 던져버렸다는 소문이 자자했다.

9. 붉은 나라, 붉은 학교, 그리고 평양

1946년, 새 학년이 시작되고 봄 학기가 시작되어 학교로 돌아왔다. 학교는 온통 붉은 옷을 입은 것 같았다. 학교 정문에서부터 "위대한 영도자 김일성 장군 만세!", "붉은 군대 만세!" 등, 북조선공산당 지도자와 소련 군대를 찬양하는 붉은 글씨의 현수막이 온 교정과 학교 건물을 붉은 색깔로 매닥질 하고 있었다. 학과목에는 영어 과목을 더해서 러시아어가 새로 등장했고, 여기에 더해 '소련공산당사'라는 과목은 본격적으로 소련공산당 선전을 하고 있었다.

목사 안수를 받은 아버지가 강계에서 동북쪽으로, 백두산 정상 흰 눈이 보이는 후창厚昌이란 고장에 있는 교회의 초청을 받아, 온 가족이 나의 출생지이자 중학교 소재지였던 강계를 떠나 후창에 정착하게 되었다.

1946년은 북조선의 이른바 '토지개혁'이 강행된 해였다.

지주들이 땅을 뺏기고, 인민재판에서 소작하던 농민들이 작당해서 지주들을 구타하고 내쫓거나 때려죽이기까지 하는 비극과 참극이 벌어지던 시기였다. 지주들 가운데는 기독교인들이 섞여 있었고, 특히 교회의 지도급 인사들인 '장로님'들이 많았다. 북조선의 토지개혁은 북한의 기독교인들에게는 타격이 아닐 수 없었다. 땅을 가지고 있던 교회 장로들과 집사들이 비극을 피해 야간도주, 남으로 도망하기 시작했다. 이와 함께 북조선공산당 김일성 정부는 여러 가지로 기독교 지도자들과 목사들을 괴롭혔다. "종교는 인민의 아편"이라는 구호와 함께 "신은 존재하지 않는다"라는 공산주의 무신론을 공공연하게 선전하고 학교에서도 세뇌교육을 하고 있었다.

목사 아버지의 교회 교인들은 야밤에 찾아와, 더 이상 공산당원들과 보안서(경찰서) 사람들에게 괴롭힘 그만 당하시고 남으로 피란 가시라고 독촉하기 시작했다. "어떻게 교인들을 버리고 우리만 도망가라는 것이냐?"라고 버텼지만, 결국 우리 가족은 평양행 기차를 타게 되었다. 1947년 겨울인가 다음 해인 1948년 봄이었던가, 그게 뭐가 중요한가?

우리는 다시 불안과 공포로부터 도망치는 피란민에 망명객 떠돌이가 되어, 어둠 속에 도망 다니는 신세가 되었다. 기차에 오르면서도 누가 우리를 지켜보고 감시하는 것이 아닌가 하고 둘러보는 비루한 모습이 참담하기만 했다. 해방된 조국은 해방된 것이 아니었다.

압록강 근처 산속 동네 후창에서 목사 아버지는 대동강 상류의 시골 교회로 옮겨 농촌 목회를 하시다가, 평양 북쪽 보통강 옆에 있는 작은 보령교회로 옮겼다. 북조선 김일성 공산 정권이 종교탄압을 강화하는 가운데 교회 일을 본다는 것, 매일 새벽기도회와 수요일 저녁 예배와 일요일 설교를 계속하는 일은 쉬운 일이 아니었다. '친미', '반공분자'라는 치명적인 낙인이 찍힌 목사 아버지는 그 낙인을 증명이나 하듯이 설교마다 "공산주의는 무신론주의고 폭력적이고 반인도적이며, 특히 반성서적"이라고 말씀했다. 제2의 해방의 날을 기다리며 신앙을 지켜야 한다는 메시지로 일관하고 있었다. 그러면서도 평양을 탈출해서 서울로 남하하는 길을 모색하고 있었던 것 같다. 결국 대동강 남쪽, 이른바 평양 '강남', 산언덕에 위치한 좀 더 큰 장포동교회로 초빙되었다. 그때가 1948년 말인지 1949년 초였는지 기억이 아련하다.

1949년 봄 학기에 나는 평양신학교에 입학했다. 속으로는 김일성대학에 입학해서 러시아 말이 능숙해지면 시베리아횡단철도를 타고 모스크바 대학에 유학했다가, 소련을 탈출해서 다시 유럽행 기차로 독일이나 영국으로 망명해야겠다는 엉뚱한 생각을 했었지만, 기독교 목사 집안의 '성분'이 '악질반동분자'로 되어 있어서 입학 지원부터 불가능했다. 목사 아버지는 이 때문에 내가 평양신학교에 진학하는 것을 대환영하셨다. 목사의 대를 잇기를 그토록 바랐던 아버지의 소원을 하나님께서 들어주셨다는 기쁨이었다.

18살, 최연소 신학생으로 환영받고 칭찬과 사랑으로 신학생 생활을 시작했다. 무엇보다 영어 공부를 마음 놓고 할 수 있어서 좋았다. 특히 당시 평양의 감리교 신학교인 성화신학교에서 영어를 가르치시던 박대선(전 연세대학교 총장) 목사님이 평양신학교 영어 강사로 오셨던 것이다. 그 선생님의 영어 교실에서 공부할 수 있게 된 것은 큰 선물이었다. 특히 박대선 선생님은 학생들 가운데 몇 사람을 불러 모아, 토요일 자택에서 '과외'로 영어를 가르치셨다. 하와이 교포인 사모님의 '원어민' 영어 발음으로 우리는 철저한 회화 연습을 받을 수 있었다.

그러나 우리 가족의 평양 생활, 나의 평양신학교 학창 생활은 오래가지 못했다. 1950년 봄 학기는 '임시휴교' 상태로 돌입했다. 그리고 평양신학교 교장 이성휘 박사를 위시해 평양 시내의 모모한 이름 있는 목사님들이 하나둘 행방불명되었다는 소문이 들려왔다. 박대선 선생님의 행방 역시 묘연했다. 그리고 6·25 전쟁이 터졌다.

10. 6·25 전쟁, 피란민 기차

6·25 전쟁이 터지자, 라디오에서는 인민군이 남침해서 서울을 탈환했으니 곧 통일이 된다고 떠들고 있었다. 그런데 우리 목사 아버지는 설교할 때마다 자신만만하게 이제 국군과 유엔군이 인민군을 밀어내고 평양은 해방될 것이고, 통일하게 되는 것이 하나님의 뜻이라고 희망찬 설교를 하고 있었다. 그러던 어느 날, 교인들 심방에 나가셨던 아버지가 집으로 돌아오지 않았다. 미국 비행기는 거의 날마다 평양으로 날아와 수많은 폭탄을 터뜨리는 일이 반복되었다. 나는 인민군에 끌려가지 않으려고 집 안 마루를 뜯고 땅을 파고 숨어 있었지만, 결국 끌려가 신체검사를 받게 되었다. 신체검사를 하는 인민군 군의관의 진단이 나의 심각한 기관지염으로 인해 군대에 갈 수 없다는 것이었다. 신체검사 불합격증을 들고 집으로 돌아오는 길에 신체검사장 마당에

서 내 바로 밑의 동생과 마주쳤다. 전쟁이 터지자 시골에 숨어 있던 동생이 끌려온 것이었다. 동생과 나는 서로 붙들고 눈물을 흘리면서 작별 인사를 나누었다. 그렇게 헤어진 지 어언 70년이 되어오는데 우리는 아직 서로 소식을 모르고 있다.

9월이 되자 남한의 낙동강에서 인민군과 국군이 싸우고 있다는 소식과 함께, 미국의 맥아더 장군이 인천상륙작전에 성공해 서울을 탈환했다는 소식이 들려왔다. 그리고 이어서 미군과 국군이 38선을 넘어 평양에 쳐들어오고 있다는 소식에 모두 들떠 있었다. 그리고 10월의 어느 날 이승만 군대와 미군이 평양에 쳐들어왔다. 어설프게 그린 태극기와 미국 국기를 들고 인민군이 도망간 북한 정부청사 앞으로 모여들었다. 그러는 동안, 우리 교회 교인들과 나는 아버지의 행방을 찾아 나섰다. 며칠 후 아버지의 처참한 시체를 발견했다. 아버지는 대동강가에 다른 목사님 네 명과 함께 인민군에게 총살당한 채 쓰러져 있었다. 평양 남쪽 언덕, 대동강이 내려다보이는 아버지 교회 뒷산에 아버지를 묻어드렸다.

평양이 해방되었으니, 이제 곧 인민군을 북쪽 압록강 너머로 내쫓고, 제2의 해방, 남북통일은 며칠 안 남았다고 기뻐했다. 그러나 곧 중공 군대가 압록강을 넘어 인해전술로 물밀듯이 남으로, 남으로, 국군과 미군을 밀고 쳐내려온다는 것이었다. 11월 마지막 주일인가 나는 평양 대동강 북쪽의 어느 교회에서 어린이들에게 『성경』의 이야기를 들려주며 예배를 드리고 있었다. 예배 도중에 사방에서 폭탄 소리가 요란스럽게 들려서 모두들 밖으로 뛰어나왔다. 온 평양이 불바다가 되어 있었다. 미군이 평양에서 철수하기 위해 화약고와 군대 시설을 태우고 폭파시키고 있다는 것이었다. 나는 집으로 가기 위해서 대동강 철교를 향해 뛰어갔으나 헛수고였다. 철교는 이미 미군에 의해 폭파되고 있었다. 교인들의 도움으로 나룻배를 타고 죽을 고비를 넘기면서 강을 건넜다. 집으로 가서 어머니와 동생들과 함께 남으로 피란 가야겠다는 나에게 교회 어른들이 "그래도 소용없다, 어머니와 동생들은 이미 집을 떠나 피란길에 올랐을 것"이라고, "빨리 기차를 타고 남으로 피란 가라"는 것이었다. 나는 그렇게 하는 것이 현명할 것 같다는 판단으로, 다른 수

많은 피란민들 틈에 끼어 피란 기차에 올라탔다. 피란 기차라야 객차가 아니었다. 화물차 꼭대기에 기어올라 가 그 많은 어른들과 할아버지, 할머니와 어린아이들 틈에 끼어 앉아 무엇이든 붙들고 떨어지지 않으려고 안간힘을 썼다. 초겨울의 밤바람은 살을 에고 있었다. 추위와 배고픔과 졸음을 견디지 못해 아이, 어른 할 것 없이 달리는 화물차 꼭대기에서 비명을 지르며 떨어지기도 했지만 속수무책이었다. 통곡 소리와 기차 달리는 소리는 전쟁의 비극을 더욱 아프게 했다.

그렇게 달리다가 기차가 멎고 화물차 안에서 내린 미군이 뭐라고 소리 지르면 우리는 모두 화물차 꼭대기에서 우르르 기어 내려와 걸어서 기찻길 따라 남으로, 남으로 걸음을 재촉했다. 그렇게 며칠을 걸었던가? 어느 기차 정거장에선가 화물차 꼭대기에 올라타라는 명령에 어설픈 영어로 “땡큐”를 연발하면서 올라타고 또 결사적으로 매달려 ‘기차 걸음’을 재촉했다. 아마 그렇게 개성역을 지나 서울역으로 들어왔던 것 같다. 그때만 해도 경의선 기찻길이 38선에서 끊어지지 않았던 것 같다.

나는 그렇게 경의선 철도로 평양에서 서울로 화물차 꼭대기에 혈혈단신 배고프고 졸린 몸을 싣고 ‘입성’했다. 그리고 며칠 후 다시 부산으로 떠나는 기차를 탔다. 군용 화물차에 탔지만, 이번에는 화물차 안이었다. 미국 선교사 군목들의 알선으로 교회 목회자 가족들과 순교자 유가족들을 우대하는 피란 기차였다.

2부 기차길, 평화의길

11. 대한민국 해군 소년 통신병

부산 피란 생활은 방랑 생활 그 자체였다. 화물차를 타고 부산에 내려온 목사 가족들과 순교자 유가족들은 화물처럼 버려졌다. 부산에 연고가 없는 가족들은 부산 기차역 근처 언덕 교회 마당에 설치된, 군대용 임시거주 콘센트 Quonset 막사 마룻바닥에서 먹고 자게 되었다. 나는 하루 종일 국제시장에다 부둣가를 돌아다니며 일자리를 찾았으나 허사였다. 저녁에는 이 항구도시 언덕에 위치한 교회에서 열리는 부흥회에 가서, 설교를 듣고 피란민에게 나누어 주는 주먹밥이나 김밥으로 배를 채우고 잠자리로 돌아오고는 했다.

12월 크리스마스가 다가오며 부흥회 하는 교회에서 제주도로 피란 가는 배에 탈 사람들을 모집하고 있었다. 나는 뱃일이라도 할 참으로 부산항 부둣가를 방황했는데, 그때

'대한민국 해군 소년 통신병 모집'이라는 벽보가 눈에 들어왔다. 나는 즉시 지원했다. 서울에서 피란 내려온 서울의 모모한 중학교 재학생들, 졸업생들, 대학에 입학했지만 6·25 전쟁이 터지는 통에 학업을 계속할 수 없었던 학생들이 모여들었다. 북한의 이름 없는 강계중학교 출신이 합격했다는 소리에 무슨 '빽'이 있었느냐는 둥, 비아냥거리는 소리를 들으며 진해행 해군 배를 탔다. 1951년 1월 중순이었다.

진해의 겨울 바다는 차고, 바람은 거셌고, 훈련은 고되었다. 군대 훈련소의 밥은 항상 모자라고 배는 고팠다. 그리고 항상 잠이 모자랐다. 아무도 잘못한 게 없는데도 비상소집을 하고 집단 폭행, 엉덩이를 내밀고 맞는 '빠따' 처벌을 받았다. 120명이 넘는 해군 신병 20기의 소년 통신병 2기생들은 추위와 배고픔과 빠따에 지치고 있었다.

고된 신병훈련을 마치고 해군통신학교에 입학해 1급 통신병의 교육과 훈련을 받았다. 6개월간의 길고 고된 집중적 훈련을 받았다. 나는 전교 최우수 성적으로 학교에 조교로 남게 되었다. 동기생들은 거의 모두 해군 함정의 통신병으로 발령받고 바다로 나갔다. 통신학교 1등인 나와 2등인

민경배(연세대학교 명예교수, 한국교회사학자), 우리 둘만이 학교에 남아 후배들을 교육훈련시키는 일을 하게 되었다. 그렇게 1951년이 가고 1952년이 되어서야 우리 새어머니와 동생들이 천신만고 끝에 38선을 넘어, 부산에 나타나 진해로 나를 보러 찾아왔다. 진짜 이산가족 상봉의 비극이었다. 다행히 어머니와 동생들은 부산의 감리교 미국 선교사가 시작한 순교자 가족을 돌보는 '미실회美實會'라는 모자원에 수용되고, 동생들은 부산의 학교에 다니게 되었다.

1953년이 되자 대한민국 해군 수병들도 장교들과 마찬가지로, 미 해군에 파견되어 교육훈련을 받는 기회가 생겼다. 나는 각종 시험에 통과되어 부산 해운대 미 공군 비행장에서 노스웨스트 에어라인Northwest Airlines 민간 항공기로 미국 샌프란시스코에 날아갔다. 당시 대한민국 여권이 필요했던가? 미국 본토 공항에 도착해서 이민국을 통과했던가? 미국 비자가 필요했던가? 기억이 나지 않는다. 강계 촌놈이 평양신학교에서 박대선 선생님에게 발탁되어 영어 과외를 했던 덕분인가? 대한민국 해군 졸병이 비행기를 타고 미국 해군종합학교에 입학해서 특수무기에 대한 교육을 받게 되었다는 것은 기적에 가까운 행운이 아닐 수 없었다.

내 교육출장 명령서에는 샌프란시스코에서 미국 대륙횡단 기차를 타고 동남부에 위치한 버지니아주 리치먼드라는 도시까지 가서, 그 근처 미 해군종합학교의 셔틀버스로 갈아타고 학교에 가라고 되어 있었다. 나는 샌프란시스코 해군기지에서 1박 하고 기차역으로 나가 미 해군이 발행한 출장 명령서를 보이고 대륙횡단 기차에 올랐다. 미국 대륙횡단 기차는 한마디로 편안하고 속도가 빠르며 깨끗한 호화판이었다. 5일 동안 미국 서부의 산과 들을 지나 시카고에 도착해서 남쪽으로 가는 기차로 갈아탔다. 하루만 더 가면 된다는 거리였다.

기차 흔들리는 소리가 자장가 같았는지 잠이 들었었다. 깨어서 보니 내가 탄 객차에 손님들이 반 이상이 없어졌다. 지나가는 차장에게 웬일인가 물었다. 차장은 쓴웃음을 지으면서 옆 칸에 가보라는 것이었다. 일어나 옆 찻간에 들어가 보고 놀랐다. 얼굴이 까만 흑인 승객들만 아이, 어른 할 것 없이 가득 앉아 있는 것이 아닌가? 아브라함 링컨 대통령이 1862년 남북전쟁으로 흑인 노예해방에 성공했다지만,

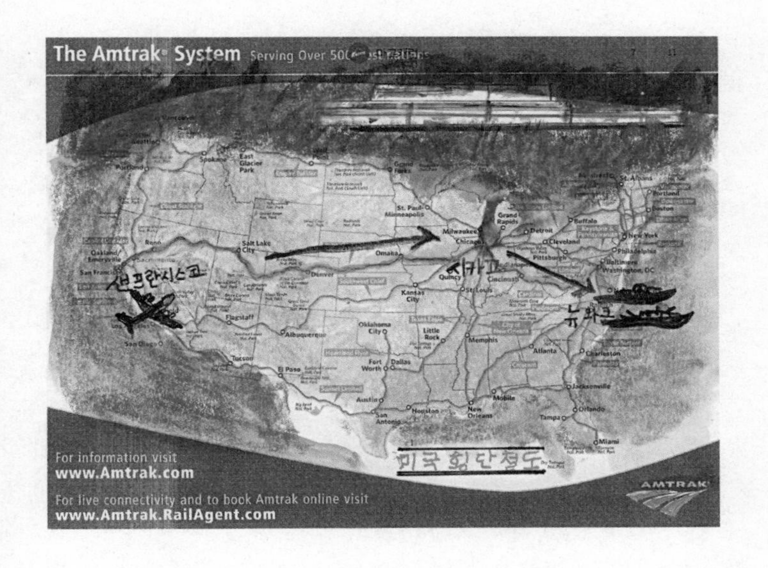

1953년까지만 해도 흑백 차별은 기차 안에도 있었던 것이다. 메이슨-딕슨 라인Mason-Dixon Line이라는 흑백 차별 선이 미국의 남과 북을 갈라놓고 있어 기차도 북에서 남으로 그 선을 넘을 때면, 흑인들은 흑백 혼합 차량에서 흑인 전용 차량으로 이동해야 한다는 것이었다. 노란 얼굴의 황인도 유색인종이 아닌가? 차장에게 "나도 흑인 차량으로 가야 하는 거 아닌가"라고 했더니, 웃으면서 큰 소리로 그냥 앉아 있으라는 것이었다.

12. 미 해군종합학교, 1953년 7월, 정전협정

미 해군종합학교에서의 신예 무기에 대한 집중교육은 유익했고 즐거웠다. 교육 프로그램은 강행군이 아니어서 좋았고, 미 해군의 교육훈련 방식은 합리적이고 효과적이었다. 교육장에서의 교육보다 더 즐거웠던 것은 수백 명의 수병들이 함께 생활하는 병영생활이었다. 그리고 같은 교육을 받는 미 해군 친구들의 동지애와 우애는 상상을 초월할 정도였다. 하루 세끼 식사는 내 평생 맛보지 못한 고급 요리로 배를 채워주었다. 호화판 군대 생활이었다. 취침하기 직전, 취사 당번이 피자 같은 것을 싸 들고 나를 찾아와 밤참으로 하라고 주고 가기도 했다. 이런 걸, '전우애'라고 할까? 아니면 어설픈 영어로 고생하는 내가 너무 측은해서였을까?

금요일 주말이 되면, 가까이 지내는 친구가 자기 자동차로 나와 다른 동료들을 태우고 우리 종합학교에서 가까운 미국 수도 워싱턴 D.C.에 관광을 떠나기도 했다. 나는 평양신학교 영어 선생님이었던 박대선 선생님이 서울의 감리교신학대학교 교수로 재직하고 계실 때 찾아뵙고 연락을 하고 있었다. 박 선생님이 보스턴 대학교의 신학대학에서 신학 박사 공부를 하신다는 소식도 듣고 있었고, 내가 미 해군종합학교에 '유학'하게 된 여름에는, 뉴욕 근처의 뉴저지주에 위치한 드류 대학교에서 박사학위 논문을 쓰고 계신다는 것도 알고 있었다. 나의 미국 관광 여행안내자인 해군 친구에게 뉴욕 구경도 하고 은사님을 뵙고 싶다고 했다. 친구는 오케이. 금요일 저녁에 출발해서 다음 날 토요일, 뉴욕 구경을 하고 밤늦게 강 건너 드류 대학교에 내려주었다. 토요일 밤중에 박대선 선생님의 기숙사에 찾아갔다. 교수님은 너무도 반가워하셨다. 박대선 선생님은 다음 날 일요일 아침, 나를 재촉해서 뉴욕행 통근 기차를 타고, 으리으리한 뉴욕 중심가의 기차역에서 내려 지하철로 갈아타고, 뉴욕 컬럼비아 대학교 정거장에서 내렸다.

컬럼비아 대학교 정문에서 들여다본 캠퍼스와 대학 건

물들은 너무도 웅장했다. 대학 정문에서 2~3분 거리에 위치한 볼품없이 자그마한 한인 교회에서 우리말로 예배를 드리고 교인들이 마련한 따뜻한 한식 점심을 대접받았다. 하얀 해군 세일러복 차림의 나를 쳐다보는 눈길은 다정하고 호기심에 가득 차 있었던 것 같다. 박대선 선생님과 작별하고, 뉴욕 YMCAYoung Men's Christian Association 호텔에서 기다리는 친구의 차를 타고 다시 남쪽에 위치한 미 해군종합학교에 밤늦게 돌아갔다(내가 이때부터 9년 뒤에 다시 뉴욕으로 가서 컬럼비아 대학교 길 건너편에 위치한 유니언 신학대학원에서 신학 공부를 하고, 그 한인 교회 전도사로 봉사하게 될 것이라고는 상상도 못 하고 있었다).

5주인가 6주의 단기 교육 프로그램을 마치고 동기생들끼리 '이별의 만찬'을 가졌다. 만찬이 끝날 무렵, 나의 관광여행 친구이며 안내자이며 자동차 운전까지 해준 미 해군 친구, 슈왈츠Schwartz는 나와 따로 이야기하기를 청했다. 이 친구가 진지한 얼굴로 나에게 물었다. "이제 한국 가면 무얼 할 거냐?" 나는 냉소적으로 "미국 와서 특수교육까지 받았으니, 이젠 직업군인으로 일해야지, 뭐……" 했다. 이 친구는 내 손을 잡으면서, "너는 군인 타입이 아니다, 학자 타입이다. 미국 와서 공부해야 한다"라는 것이었다. 자기는 공부를 못 해 중학교 중퇴라고 하면서……. 이 친구는 서부 몬태나주, 카우보이 영화에 나오는 시골 출신인데, 그 시골에 있는 아주 작은 단과대학에 유학 오도록 주선해 주겠다는 것이었다. 나는 반신반의하면서도 진지한 친구의 태도와 권유에 감동받았고, 그렇게 하겠다고 했다. 그리고 다시 백인들만 타는 기차 칸에 올라, 시카고역을 거쳐, 샌프란시스코에 가서, 민항기를 타고 부산 군용비행장인 수영 비행장으로 귀국했다. 도착하자 6·25 전쟁이 휴전으로 끝났다는 소식을 들었다. 휴전협정은 1953년 7월 27일이었다.

부산진 순교자 유가족 마을에서 새어머니와 동생들과 함께 며칠을 지내고, 진해 해군기지에 가서 해군종합학교 교관으로 임명되었다. 아주 편한 군대 생활이 시작되었다. 상급 하사관이라고 영외 생활을 할 수 있었다. 주말이나 공휴일에는 진해역에서 출발해 경부선 길목에 있는 밀양역까지 가서 부산으로 가는 기차를 타고 부산진에서 내려 동생들과 만나 교회에 출석할 수도 있었다. 휴전협정이 체결되고,

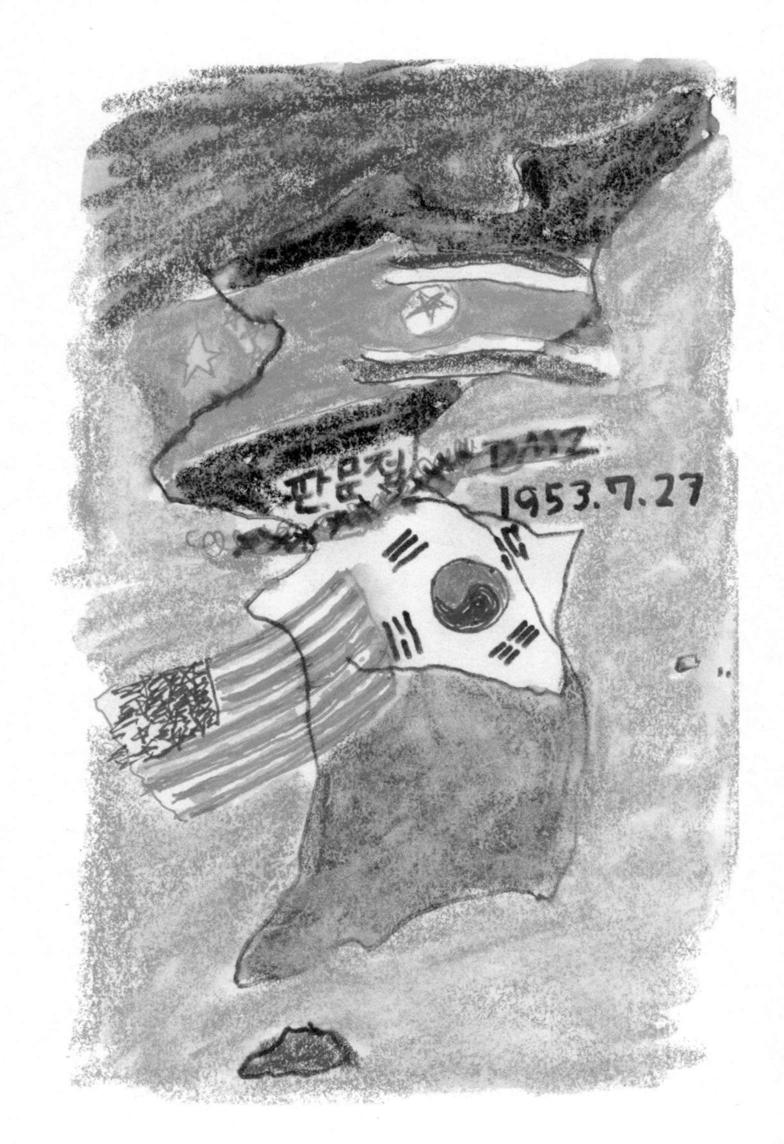
판문점
DMZ
1953.7.27

서울이 수복되면서 경부선 철도는 활기를 되찾는 것 같았다. 나는 진해 시내에 있는 진해교회 주일학교 선생으로 봉사하기도 하면서 영어 공부에 열중했다. 나에게는 꿈이 있었고, 기다림과 희망이 있었기에 행복하기만 했다. 미 해군 친구가 보내주겠다고 약속한 미국 유학 서류들을 기다리고 있었기 때문에…….

13. 명예제대, 미국 유학 가는 길

1953년, 나에게 미국 유학을 권하고, 자기 고향의 인문 대학에 입학할 모든 서류를 보내겠다고 약속한 미 해군 친구에게서 아무 소식도 오지 않았다. 1954년에도, 1955년에도 소식이 없어 그 약속에 대해서는 잊어야겠다는 생각을 하고 있었다. 그런데 1956년 봄, '강남 갔던 제비'와 함께 나의 해군종합학교 주소로 두툼한 등기 봉투가 날아왔다. 미 해군 친구가 말한 몬태나주 빌링스에 위치한 록키마운틴 대학 총장의 서명이 찍힌 입학허가서와 그 도시에 소재한 장로교회 장로님인 존스 박사Dr. Jones의 재정보증서와 함께, 그 교회 여전도회의 장학 증서가 들어 있었다.

나는 미국 유학의 길에 오르기 위해 당장 휴가 신청을 하고 서울로 올라갔다. 6년 전, 38선을 넘어 서울역에서 순교자 유가족들과 함께 화물차를 타고 부산으로 내려온 이후,

처음으로 경부선 철도를 타고 서울로 올라갔다. 서울이 수복된 지 3년이 지나면서 전쟁의 흉터가 많이 정리된 것 같았지만, 기차 속에는 아직도 피란민들이 고향으로 돌아가는 모습이 불안하게만 보였다. 순교자 유가족들이 서울로 올라가 선교사들이 장충동에 마련해 준 공동 숙소에 머물렀으므로, 새어머니와 동생들을 찾아 그곳으로 갔다. 내가 미국 유학을 위해 준비하기 위해 상경했다는 소식에 새어머니와 동생들의 반응은 환영 반 실망 반이었다. 미국 유학이 가능해졌다는 데 대해서는 '대단하다'라고 생각하고 기뻐하는 것 같았지만, 아버지 없는 가족을 부양해야 하는 장남이 다시 집을 비우고 미국으로 공부하러 떠나야 한다는 것에 실망하는 것 같았다. 그래서 나는 미안했다.

나는 아버지의 뜻이 어떻게든 공부를 해야 한다는 것이라고 확신하고 일을 추진했다. 당시, 대한민국 군인 중 장교나 사병이나 관계없이 미국 유학의 자격을 갖춘 자는 특별한 결격사유 없으면 모두 명예제대의 혜택을 준다고 공표한 상태였다. 나는 곧 문교부와 외무부가 부과하는 미국 유학자격시험에 응시하고, 7월 말에 1차 시험 합격증을 받고, 경찰의 신원조회가 끝나고, 해군본부의 명예제대증을 발부받아 외무부의 여권을 받았다. 그리고 미국 대사관에서 유학생들이 받는 J비자를 내 난생처음 받은 대한민국 여권에 붙였다. 미국의 재정보증인 의사 선생님이 보내준 비행기표를 노스웨스트 에어라인에서 받았다.

몇 달 동안, 기차로 서울에 왕래하면서 이 모든 수속을 마치고, 진해로 가서 몇 안 되는 짐을 챙겨, 다시 경부선으로 서울을 향했다. 내가 대한민국 해군으로부터 제대한 날은 1956년 8월 15일, 8·15 광복절이었다. 미국 유학 절차를 밟기 위해 경부선 기차를 타고 진해와 서울을 왕래하면서 많은 생각을 했다. 어렸을 때 북한 압록강변의 만포에서 혈혈단신 만주행 기차를 타고, 독립군도 아니면서 독립운동을 위한 망명객처럼 압록강 철교를 넘던 생각. 만주 생활에 지치고 병든 어머니를 모시고 한국 외가로 가기 위해 만주 벌판을 질주하는 기차 안에서 어머니 몰래 눈물을 흘리던 생각. 어머니를 외할머니 댁 뒷산에 묻어드리고 돌아서서 다시 기차로 만주 벌판으로 돌아오는 길에 흘렸던 눈물. 그때 느꼈던 외로움, 그리고 알 수 없는 분노와 불안. 기차라는 것이, 타기만 하면 내가 살아온 지난날을 가슴과 머리에 떠올리게 하고, 그러면서도 달리는 기차 소리와 함께 다음 정거장, 내가 내려야 할 정거장, 내가 만나게 될 사람, 그리고 내 인생, 내 장래와 미래, 내가 알 수 없는 내일을 생각하게 한다. 참으로 기차 여행이란, 기차를 타고 달린다는 것이 바로 내 인생 이야기가 아닌가 싶다. 미국 유학을 떠나기 위해 기차를 타고 달리고 있으면서, 앞으로 전개될 내 인생에 대한 불안과 함께 내가 타고 온 기차길의 역사를 되새기게 되는 건 어쩔 수 없는 것인가 보다. 기차는 내 인생이고, 내 인생은 정처 없이 떠돌아다니는 나그네길이 아니던가?

나는 1956년 11월이 되어서야 여의도 공항에서 가족과 친구들의 환송을 받으며 미국행 비행기에 올랐다. 프로펠러로 나는 항공기는 일본과 괌, 하와이와 샌프란시스코를 거쳐 미국 서부 카우보이의 고향이라고 하는 몬태나주의 빌링스공항에 도착했다. 공항에는 존스 박사님 내외와 외동딸, 그리고 장로교회 목사님이 마중 나와 있었다.

그렇게 나의 미국 대학 유학 생활이 시작되었다.

14. 하버드로 가는 길

재정보증인인 존스 박사님이 운전하는 차로 들어간 대학의 첫인상은 좋았다. 미국 서부 소도시 변두리에 위치한 캠퍼스는 미국 땅만큼이나 넓어 보였다. 하얀 돌집 대학 건물들은 배움의 전당의 위풍을 과시하며 겨울 햇빛에 빛나고 있었다. 4년제 학부 인문대학이고 시골 학교여서 전체 학생 수는 200명 정도라고 했다. 한 학년에 50명 정도이고, 강의실에는 20명 정도의 학생이 강의를 듣고 있었다. 교수가 학생 한 사람, 한 사람의 이름을 다정하게 호명하는 것이 좋았다. 대학 전체 학생 가운데 흑인 학생은 한 사람도 보이지 않았다. 외국인 학생이라고는, 한국 학생인 나 이외에 동기생으로 브라질에서 온 일본 학생이 있었다. 나는 만주에서 일본 중학교를 다녔다고 소개하고 일본말로 통하는 친구가 되었다.

총장을 위시해서 교무처장과 학생처장, 그리고 교수들, 시간강사 선생님들이 모두 한국 학생인 나를 아주 신기하게 생각했고, 모든 것을 친절하게 지도해 주셨다. 동양 학생, 아니 동양 사람이라고는 난생처음 본다는 교수들도 있었다. 나는 1학년 2학기에 등록하고 강의를 듣기 시작했는데 영문학, 수학, 생물학, 미국사, 서양 철학사, 그리고 성서학 과목에 등록했다. 나는 이 모든 과목을 즐겼다. 숙제가 많아서 늦은 밤 두세 시까지 기숙사 책상에 매달려 있었다. 영한사전을 부지런히 찾아보며, 그 많은 독서와 보고서 숙제를 해야 했기 때문이다.

영어로 강의를 듣는 일이 정말 힘들었다. 미국 친구가 위로한답시고 한 말이 기억난다. 영어로 꿈을 꾸기 시작하면 문제가 없다는 것이었다. 밤마다 꿈속에서 영어로 말하기를 기다렸지만 소용이 없었다. 한국에서 일어났던 일들, 기차 타고 압록강을 건너 만주와 한국을 오가던 일이 꿈에 나타나지만, 영어는 내 꿈에서 소용이 없었다. 강의에서 알아듣지 못한 중요한 내용을 기숙사 옆방 친구에게 '과외'받듯이 물어물어 간신히 파악하며 넘어가고 있었다. 한 학기가 거의 다 지나가던 날, 나는 영어로 꿈을 꿨다. 온몸이 땀으로 흠뻑 젖어 있었다. 꿈에서 깨어나자, 나는 우리말로 만세를 불렀다. 기적 같았다. 다음 날 강의실에서 들은 강의는 거의 완벽하게 알아듣고 필기도 하고 질문도 했다. 나는 그렇게 하여 1학년에서 졸업할 때까지 학기마다 우등생 리스트에 올랐다. 교무처장실 앞 게시판에는 학기 초마다, 그 전 학기 우등생 명단을 써 붙이고는 했는데, 영어로 Dean's List라고 하는 우등생 명단에 매번 내 이름이 올라 있었다.

나의 재정보증인 존스 박사님은 내가 3학년이 되는 봄 학기가 되자 나에게 여름학교를 제안했다. '미국의 서북부 촌구석이 미국의 전부가 아니다. 미국 구경도 할 겸, 저 동부에 위치한 명문대학 하버드에 여름학교가 있으니, 거기에 지원해서 다녀오라'는 것이었다. 나는 6주간의 하버드 대학교의 유명한 여름학교에 지원했고, 입학허가서가 날아왔다. 존스 박사님 내외는 내가 과거 시험에라도 붙은 것처럼 좋아하셨다.

나는 1953년 여름에 대한민국 해군으로 미국 동남부 버지니아주에 위치한 미 해군종합학교에 오기 위해 샌프란시

스코에서 미국 대륙횡단 기차를 타고 왕래했던 기억이 새로웠다. 벌써 6년 전의 일이었다. 나는 하얀 세일러복 해군 수병 차림이 아니라, 대학생 차림으로 미국 대륙횡단 기차에 올랐다. 어엿한 대학생 신분으로, 시카고에서 뉴욕행 기차로 갈아타고, 뉴욕에서 다시 보스턴행 기차를 탔다.

하버드에서는 미학과 윤리학 강의를 들으면서 많은 것을 배웠다. 하버드 대학교 주변의 대학 문화생활도 즐기고 동기생들과 보스턴의 유명 관광지를 돌면서, 청교도들의 미국 이민 역사를 탐방하는 여유를 즐길 수 있었다. 6주간의 짧은 여름학교 경험이었지만, 미국 동부의 세계적으로 유명한 하버드 대학교의 강의실에서 세계적인 석학들의 강의를 들었다는 것만 해도 나에게는 대단한 것이었다. 그리고 미국 서부의 시골 대학 교수들의 강의 역시 하버드 강의실의 수준 못지않게 훌륭하다고 생각하게 된 것도 나의 짧은 하버드 여름학교의 수확이었다. 내가 하는 공부에 자신감이 생겼다고나 할까, 하버드 여름학교는 나에게 소중한 경험이었다.

하버드에서 여름 학기를 끝내고 몬태나의 학교로 돌아오는 길에, 뉴욕에 들러서 몇 년 전 해군 세일러복 차림으로 구경했던 컬럼비아 대학교와 근처의 유니언 신학대학원 등을 둘러보고 미국 대륙횡단 기차 여행길에 올랐다. 벅찬 가슴으로 기차 창밖에 주마등처럼 흘러가는 광활한 미국 서부의 풍경을 감상하며 학문의 큰 꿈을 키우고 있었다. 나에게 하버드로 가는 길을 열어주신 존스 박사님에게 무한한 감사를 드리면서…….

15. 시카고역, 사랑과 이별의 기차 정거장

1960년, 내 나이 29살 되는 5월에 록키마운틴 대학에서 철학으로 문학사 학위를 받았다. 그리고 미국 중부 시카고 남쪽에 위치한 일리노이 주립대학교 대학원 철학과로 진학했다. 철학과 학부 학생들을 가르치고 지도하는 강의조교 TA: Teaching Assistant로 임명되어 장학금과 어엿한 월급을 받으며 공부하게 된 것이다. 나의 학부 대학 소재 빌링스역을 출발하는 시카고행 대륙횡단 기차를 타고 시카고역에 도착해 다시 일리노이주 남쪽으로 가는 기차로 갈아타고, 샴페인-어바나Champaign-Urbana라는 대학 도시를 찾아갔다. 학부와 대학원을 다니는 3만여 명의 학생들로 가득 찬 대학촌이었다.

이 주립대학교에는 세계 각국에서 온 외국인 학생들이 1000명이 넘게 등록하고 있었고, 한국 유학생도 30명이나 된다고 했다. 내가 입학한 가을 학기에, 학교 전체의 외국인 학생들을 환영하는 '외국인 학생 축제'가 열렸다. 이 축제에는 우리 대학가 근처의 다른 학교로 유학 온 학생들도 오는데, 특히 한국의 이화여자대학교에서 유학 온 학생을 나더러 안내하라는 대학 당국의 부탁이 있었다. 그 여학생은 이화여대 영문과 출신으로 김활란 총장의 비서로 근무하다가, 미국 감리교의 '십자군 장학생Crusade Scholarship'으로 우리 주립대학교의 남쪽에 위치한 감리교 대학인 일리노이 웨슬레안 대학교에 유학 온 학생, 함선영이었다.

일리노이 주립대학교 근처에서 은퇴해 살고 있는 6·25 전쟁 참전 장교 부부가 학교 당국에 전화를 걸어 자기네가 전쟁 때 주둔하고 있었던 이화여대의 총장과 연락을 하고 지냈는데, 일리노이주에 유학생으로 와 있는 함선영이 우리 대학 축제에 갈 터이니 한국 유학생 안내자를 붙여달라고 했다는 것이다. 학교 외국인 학생처가 나를 그 학생의 안내자로 발탁한 것이었다. 나는 흔쾌히 그 부탁에 응했다. 그것이 운명적 만남이 될 줄은 꿈에도 몰랐다.

나는 함선영을 우리 주립대학의 이화여대 출신 유학생

들에게 소개하고, 함께 우리 학교의 이곳저곳을 안내하며 하루를 보내게 되었다. 나는 함선영에게 호감을 가지게 되었고, 편지로 전화로 소식을 전하는 사이가 되었다. 함선영이 주말에는 이화여대 선배들을 만나러 오고 우리 학교의 한국 학생들과 어울리면서 우리는 사귀기 시작했다. 금요일 오후가 되면 나는 강의 시간이 끝나자마자 버스를 타고 함선영의 대학으로 달려가, 도서관에서 만났다. 그걸 '라이브러리 데이트library date'라고 한다. 그 대학의 방문객을 위한 숙소에서 주말을 지내며 사랑을 키웠다. 그리고 결혼을 약속하기에 이르렀다. 어떤 주말에는 시카고에서 결혼해 살고 있는 이화여대 동창을 만나기 위해 함께 기차를 타고 가서 그 유명한 미시간 호숫가를 산책하고, 시카고 미술대학에서 수학하는 이대 미대 선배를 방문하고 미술관을 관람하기도 했다. 한번은 시카고 북쪽에 위치한 위스콘신 대학교 대학원에서 정치학으로 박사학위 공부를 하고 있던 함선영의 작은오빠 함의영 연세대 교수가 시카고 지역 한국 유학생 대회에 온다고 했다. 함선영은 오빠에게 나를 선보이려고 그 대회에 초대했던 것이었다. 함선영의 말로는 내가 결혼 상대로 '합격'했다면서 좋아했다.

그렇게 2년이 지나 함선영은 학업을 마치고 이화여대로 돌아가야 한다고 했다. '십자군 장학금'을 받은 유학생은 공부가 끝나는 대로 반드시 귀국한다는 약속을 하고 왔다는 것이다. 다른 장학생들 가운데 약속을 어기는 사람들이 있지만, 자기는 그럴 수 없다는 것이었다. 나는 공부를 계속해야 하는 형편이고, 결혼해서 가정을 꾸릴 형편도 안 되었지만, 무엇보다도 학교로 돌아가기로 한 약속을 지켜야 한다는 사람이 사랑스러웠고 믿음이 갔고 자랑스러웠다. 나는 이미 철학 공부의 연장으로 신학 공부를 하기 위해 뉴욕 유니언 신학대학원의 장학생으로 입학허가서가 와 있었다. 언젠가 다시 만나서 결혼하기로 굳게 약속하고, 우리 둘만의 조촐한 약혼식을 올렸다. 나는 뉴욕에서 보석상을 하고 있는 일본인 동창 친구 소식을 듣고 있었기에, 그에게서 나의 주머니 사정에 맞는 다이아 약혼반지를 구할 수 있었다.

내가 일리노이 주립대학교 대학원에서 철학으로 석사학위를 받는 학위수여식에 함선영은 하객으로 참석해 주었다. 그리고 함선영과 나는 기차를 타고 시카고의 기차역에 갔

다. 시카고의 유명한 '유니언Union'역은 '이별과 눈물의 기차 정거장'이 되었다. 함선영은 홀로 샌프란시스코행, 미국 대륙횡단 기차를 탔다. 그리고 샌프란시스코에서 미 해군의 수송함LST를 타고 20여 일의 긴 항해 끝에 이화여대로 돌아갔다. 나는 며칠 후에, 시카고역에서 뉴욕행 기차에 올라탔다. 1962년 8월 말, 태풍 소문과 함께 비 내리는 축축한 날이었다.

16. 유니언 신학대학원에서 이화여대로

시카고에서 기차로 뉴욕의 펜Penn역에 도착해서 도시 북쪽으로 가는 지하철로 컬럼비아 대학교 전철역에서 내렸다. 1953년, 그러니까 9년 전 대한민국 해군 세일러복 차림으로 왔던 길, 그리고 3년 전 하버드 여름학교를 마치고 몬태나로 돌아가는 길에 들렀던 컬럼비아 대학가로 다시 온 것이다. 어떻게 나는 이 길을 다시 걸어오게 된 것일까? 운명인가? 아니면 예정된 길이었던가? 1962년 8월 마지막 주간에 이렇게 새로운 신학 공부를 위해 뉴욕의 유니언 신학교에 도착했다.

일리노이 주립대학교 철학과의 지도교수는 내가 철학 공부에서 신학 공부로 옮겨가야겠다고 했을 때, 잘 생각했다고 했다. 그리고 "너는 유니언 타입이야" 하면서, 난생처음 들어보는 뉴욕의 유니언 신학대학원에 추천서를 잘 써주셨다. 그러나 한국의 새어머니는 교회 목사님이 그 신학교는 "마귀 학교"라고 하셨다며 당장 학교를 바꾸라는 편지를 보내주실 정도였다.

그 마귀 학교는 중세 유럽의 성당 같은 고딕형 건물이었다. 마귀 학교치고는 너무 장엄하고, 그레고리안 합창단의 성가가 들려야 자연스러울 것 같은 성스러움에 압도당하는 느낌이었다. 대문을 밀고 첫발을 들여놓는 순간부터 학교가 마음에 들었다. 확실히 내 스타일이었다. 강의실에서 새로운 학문에 심취하게 되었다. 유니언의 '신식학新神學', 자유주의 신학에서 학문의 자유와 사상의 자유로운 탐구로 해방감을 만끽하고, 지적 만족을 마음껏 즐겼다. 세계적으로 이름 있는 교수들의 명강의도 좋았지만, 학교 동기생 친구들이 좋았다. 나와 기숙사 방을 함께 쓰게 된 팀 라이트Tim Light는 예일 대학교 영문과를 졸업하고, 홍콩 대학에서 영어를 가르쳤다고 한다. 홍콩에서 사귄 약혼자를 홍콩에 두고 왔다고 했다. 나도 한국으로 돌아간 내 약혼자 이야기를 했다. 그리고 평생 친구가 되었다.

나는 매일같이 약혼자에게 항공우편 가득히 공부하는 소

식, 룸메이트 이야기, 일요일이면 새벽 전철을 타고 두 시간이나 걸리는 자메이카 흑인 동네 교회에서 학생 전도사 하는 이야기 등을 자세하게 적어 보냈다. 그리고 하루에도 몇 번씩, 기숙사 우편함에서 사랑하는 이의 편지를 찾고 있었다. 어쩌다 3분짜리 국제전화라도 걸게 되면, 소리 내어 울며 눈물로 시간을 다 보내는 약혼자가 야속하기만 했다.

유니언에서의 운명적 만남은 박형규 목사님과 김활란 총장님이었다. 박형규 목사님은 내가 유니언에 입학했을 때, 신학 석사STM 학위 공부를 위해 오신 대선배 목사님이셨다. 800여 명의 미국 학생 중 목사님과 나, 이렇게 둘만이 한국 유학생이었다. 박 목사님은 나의 특별 '과외 선생님'이었다. 한국 교회의 역사와 신앙과 신학에 대해 가르쳐주시면서 나를 '의식화'시켰다. 박형규 목사님을 통해 그동안 풍문으로만 듣고 있던 4·19 학생혁명의 정치적·신학적 의미, 그리고 5·16 군사쿠데타에 대한 역사적 비판 등 미국 신학교 강의실에서 들을 수 없는 한국의 '현장 신학'에 대해 나는 많은 것을 배웠다. 그리고 미국에서 신학 공부를 마치면 한국으로 돌아가야겠다는 생각을 굳혔다.

1963년 봄 학기, 첫 강의 시간에 미국 학생들 틈에 이화여대 전 총장 김활란 선생님이 앉아 계셨다. 강의가 끝나고 강의실에서 나가면서 인사를 드렸다. "아, 그대가 우리 함선영이 약혼자로구만……." 박정희 정권이 65세 이상의 대학 총장을 학교에서 물러나게 하면서, 김활란 선생님은 총장에서 물러나고 김옥길 총장이 취임하면서, 컬럼비아 대학교 유학 시절부터 친구인 유니언 총장의 초청으로, 한 학기 수학 겸, 휴양차 우리 학교로 오신 것이었다. 주말마다, 김활란 선생님이 손수 정성껏 준비하신 한국 음식으로 나는 극진한 대접을 받았다.

1963년 봄 학기가 끝나고, 김활란 선생님이 한국으로 귀국하시는 전날 저녁, 작별하는 저녁 식사를 끝내고 정색을 하시면서, 내가 신학 공부로 박사학위를 취득하면 이화여대 교수로 오라고 '초청' 아닌 '명령'을 하셨다. 여러 가지 말이 필요 없었다. 나는 몇 년이 걸릴지 모르지만, 그렇게 하기로 약속했다. 그리고 1년 뒤, 유니언에서 2학년 봄 학기를 끝내는 1964년 5월에 이화여대에 학생 인턴으로 들어와 강의도 하고, 교목실에서 일하는 계획도 세워주셨다.

김활란 선생님의 분부대로 1964년 5월, 나는 봄 학기를 마치고 비행기로 김포공항에 도착했다. 한국을 떠난 지 8년 만에 고국의 땅을 밟은 것이다. 그리고 6월 12일, 이화여대 캠퍼스 한가운데 위치한 유서 깊은 중강당에서 함선영과 결혼식을 올렸다.

17. 태평양 바닷길, 미국 대륙횡단 기차길

1964년 6월 12일 우리 결혼식 날, 나의 뉴욕 유니언 신학대학원 동창이며 룸메이트인 팀 라이트와 그의 홍콩인 약혼자 조이Joy가 유니언의 채플에서 결혼식을 올렸다. 우리가 정한 날짜를 항공우편으로 팀에게 알렸더니, 당장 그 자리에서 자기들도 미국 시간으로 같은 날 결혼식을 올리겠다고 했던 것이다.

나는 명목상 이화여대 교목실의 신학생 인턴으로 초청되었지만, 학교는 나의 일리노이 주립대학교의 철학 석사학위로 전임강사의 자격을 인정해 1964년 6월 1일 자로 문리대학 기독교학과 전임강사로 임명했다. 나에게 이 1년 동안의 교수 생활은 새로운 경험이었고, 학생들을 가르치는 것이 나의 천직이라는 신념을 확고하게 인식하게 된 소중한 기회였다.

이화여대 인턴 강사 생활을 감사하는 마음으로 마무리하고, 다시 돌아올 것을 굳게 다짐하면서 정든 이화 캠퍼스를 뒤로했다. 나는 신부 함선영과 의논 끝에, 여름방학이 되면 뉴욕으로 돌아가는 시간도 넉넉하고 계엄령 아래서 결혼식을 올리느라 신혼여행도 하지 못했으니, 뉴욕 모교로 돌아갈 때 태평양을 비행기 말고 배로 건너고, 미국 서해안에 도착해서는 미국 대륙횡단철도로 뉴욕까지 가기로 했다. 나는 태평양을 왕래한다는 화물수송 회사에 찾아가, 인천항을 출항해서 일본을 거쳐 샌프란시스코항으로 항해하는 미국 국적 화물선에 어렵사리 예약했다. 인천항 부두에서 양가 어머니와 동생들과 눈물의 작별을 하고, 쪽배를 타고 인천 앞바다 한가운데 정박한, 웬만한 학교 건물만 한 크기의 화물선에 올라탔다.

수송선의 객실이 모두 여덟 개 정도였는데, 모두 비어 있었다. 우리 부부를 환영하는 선장은 그야말로 전형적인 마도로스였다. 우리를 신혼여행 부부로 짐작한, 긴 콧수염의 마도로스 선장은 우리에게 제일 넓고 쾌적한 선실을 배정해 주었다. 그리고 하루 세끼 식사는 선장과 함께 선장 전

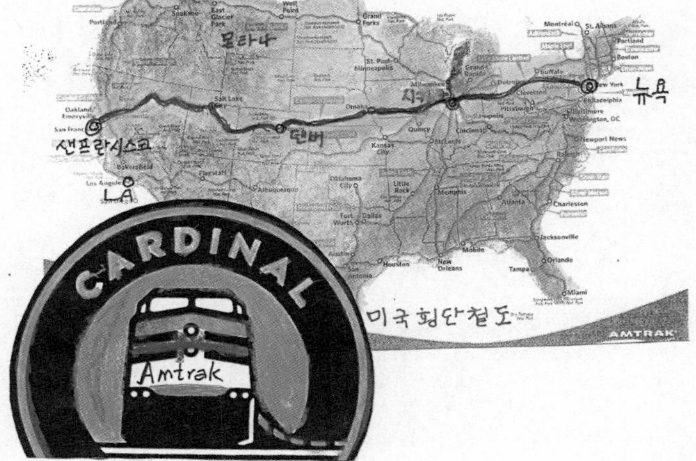

몬타나
뉴욕
덴버
샌프란시스코
LA
미국횡단철도
AMTRAK
CARDINAL
Amtrak

용 식당에서 하게 될 것이고, 수송선의 객실 중앙에 위치한 도서실에 소장한 도서는 언제든지 얼마든지 대출할 수 있다는 등, 친절한 안내를 직접 해주었다. 선장은 갑판에 나가서 시원한 바닷바람에 마도로스파이프 연기를 뿜어내며, 이 수송선의 이름은 미국 17대 대통령인 앤드루 존슨Andrew Johnson(1865~1869년 재임)의 이름을 딴 배라고 소개하면서, 나의 여행 목적을 묻는 등, 대화의 말문을 열었다. 그렇게 우리는 말동무가 되어 식사 시간만 되면 미국과 한국의 역사 등, 이야기꽃을 피우며 즐거운 항해를 했다. 신부 함선영은 뱃멀미를 하면서도 배 위의 도서실에서 그동안 읽지 못했던 최신 베스트셀러 문학작품들과 탐정소설을 탐닉하고 있었다.

우리 배는 일본 서해안 고베항에 기항하게 되어, 비자 없이 고베 시장 거리를 배회하며 관광을 즐겼다. 고베에서 출항해서 태평양 항로로 들어가게 되어 있었으나, 도쿄 근처의 요코하마항에 태풍이 온다는 경보를 받고 며칠 기항하게 되었다. 우리는 다시 비자 없이 수송선의 외출허가서만 들고 일본의 수도 도쿄를 관광하며 즐겼다. 그리고 다시 화물선 객실에 올랐는데, 그사이 객실은 만원이 되어 있었다. 일본 교포 부부들과 인도에서 선교사로 수고하다가 안식년으로 미국을 거쳐 영국으로 귀국한다는 영국인 신부 등, 다국적 승객으로 배 위가 북적였다. 특히 우리 마도로스 선장은 일주일에 한 번, 선상 와인 파티를 열어 서로 인사하고 담소하며 알고 지내도록 태평양 횡단 선상 분위기를 즐겁게 만들어주었다. 태평양 북쪽으로 항해하면서 소련과 미국 알래스카주 사이의 바다를 건널 때는, 갑판 위에 올라가서 바다 위로 수많은 날치flying fish들이 춤추듯 빤짝거리며 눈부시게 날아다니는 진풍경을 즐겼다. 아침과 저녁마다 수평선 너머로 떠오르고 지는 태양은 나의 어린 시절 말로 표현하기 힘든 두려움과 슬픔을 주며 만주 벌판에 뜨고 지는 태양과 다를 바 없이 아름답고 찬란하고 엄숙했다.

항해 20여 일은 즐거우면서 익숙해지고 있었다. 우리 멋있는 마도로스 선장과 아쉬운 작별인사를 나누고 배에서 내렸다. 우리 신혼부부는 뉴욕행 미국 대륙횡단 기차에 올랐다. 4박 5일의 긴 여행을 위해 침대차에 올랐는데, 흑인 차장이 바로 옆 칸이 비어 있으니 시카고까지 단 10달러에 이용하라는 것이었다. 우리는 한 칸은 침실로, 다른 한 칸은 거실 겸 독서실로 정하고 왔다 갔다 하면서 편안한 기차 여행을 했다. 2층 객차의 전망 칸에서 미국 서부의 광활한 풍경을 즐기고, 식사 시간에는 식당 칸의 '기차 요리'를 즐기면서 기차 여행을 만끽했다. 시카고에서 펜실베이니아 시골로 가는 기차로 갈아타고, 그곳 주립대학에서 교수하고 있는 공학박사 함인영, 그러니까 신부의 큰오빠 댁을 방문하고, 뉴욕의 그 유명한 펜 기차역에 도착했다. 나의 평생 신학 동기생이며 동지인, 팀 라이트가 마중 나와 있었다.

18. 지하철, 자가용 차, 그리고 버스

뉴욕으로 다시 돌아와 신학대학원 3학년, 졸업 학년을 맞이했다. 졸업논문을 준비해야 하는 등, 신학대학원 졸업에 필요한 필수과목 이수를 위해 많이 바빴다. 신혼 아내는 생활비를 보충하기 위해 이화여대 총장 비서실 경력과 영어 실력을 인정받아, 신학대학의 기독교교육학과 사무직원으로 일하게 되었다. 뉴욕 학생 생활의 마지막 1년은 장거리 기차 여행을 할 기회가 없었다. 주말에 뉴욕의 유명한 극장가의 뮤지컬 구경을 가게 될 때나, 음악회에 갈 때는 지하철이나 시내버스를 이용하는 게 경제적이면서 자동차나 택시보다 편리했다. 뉴욕 시내에 사는 사람 중에 학생이나 노인들에게는 자동차보다는 지하철이나 버스가 더 편리했다. 학생 신분으로, 더욱이 외국인 유학생으로서는 뉴욕의 편리한 대중교통 시스템이 경제적이어서 고맙기까지 했다.

뉴욕의 신학대학원 3년 과정을, 나는 이화여대 인턴 1년을 포함해 4년 동안 마치고, 박사학위를 위해 미국 남부의 감리교 중심 도시로 유명한 내슈빌의 밴더빌트 대학교 대학원으로 진학하게 되었다. 지방대학에서 계속 유학 생활을 하기 위해서는 자동차가 필수적이라 생각했다. 컬럼비아 대학교 근처 거리에서 차를 판다는 "FOR SALE" 광고 딱지에 적힌 전화번호를 돌려 중고차이지만, 스웨덴제 소형 자동차를 300달러에 샀다. 그리고 한국 친구의 운전 교육을 며칠 받고 나서, 뉴욕시 운전시험에 합격했다. 신학교 바로 건너편에 위치한 미국기독교회관 안에서 여름 알바생으로 일하면서 생활비를 마련하고, 얼마간의 이삿짐을 싣고, 2박 3일간의 여정으로 미국 남부 대학가로 운전해 내려갔다. 운전 초보자로서는 버거운 운전이었다. 특히 뉴욕을 빠져나가는 것부터가 모험이었다. 그리고 뉴저지주와 그 남쪽의 펜실베이니아주를 거쳐 미국 수도 워싱턴 D.C. 근처의 메릴랜드주와 버지니아주를 빠져나가는 데 온 신경을 집중할 수밖에 없었다. 초고속도로의 다른 자동차 물결에 신경을 쓰는 데 온 힘을 다했다. 버지니아주의 이름도 생소

한 시골 모텔에서 하룻밤을 지내고, 다음 날 아침부터는 자동차 길도 그리 번잡하지 않았지만, 운전에도 자신이 좀 생겨 길가 풍경도 즐기면서 산골길을 갔다. 그런데 허허벌판에서 자동차가 멎어버리는 것이었다. 우리 스웨덴산 '외제차' 엔진에

연기가 나면서 멎어버렸다. 연기는 꺼졌지만, 차는 움직일 생각을 않았다. 지나가는 자동차 운전자의 도움으로 자동차 수리차가 와 우리 차를 끌고 가, 반나절이나 걸려 수리해 주었다.

박사학위 과정을 마치고 박사학위 논문이 통과되는 3년(1966~1969년) 동안, 우리의 스웨덴 외제차 '사브SAAB'는 우리 가난한 유학생의 저렴한 교통편이 되어주었다. 우리는 그 차로 시카고 북쪽의 노스웨스턴 대학교에서 개최한 '북

미 한인 기독학자회' 참석차, 5년 전 연애할 때 기차로 갔던 거리를 달려갔다. 시카고 북쪽 대학가로 진입하는 순간, 번잡하지도 않은 교차로에서 어떤 할아버지 실수로 접촉 사고를 낸 일도 있었다. 박사학위를 손에 들고 귀국할 때, 그 구닥다리 외제차를 '거액' 500달러에 한국 후배 유학생에게 넘겨주고, 1969년 8월 말 이화여대로 돌아왔다. 밴더빌트 대학교 의과대학 부속병원에서 태어난 맏아들을 안고, 비행기로 일본을 거쳐 김포공항에 도착했다.

한국의 대학교수 생활은 강의 준비와 연구논문 준비와 외부 강연 그리고 학회 세미나 외에도 기독교학과 과장직 등으로 바빴다. 그러나 보람 있는 생활이었다. 주말이나 방학에는 기차보다는 중고차지만 자가운전 하며 가족 여행을 즐겼다. 외국으로 학회 등 모임에 참석하게 될 때는 짧은 일정 때문에 항공기를 이용할 수밖에 없었다. 여유 있고 편한 기차를 타고 장거리 여행을 하는 일은 거의 없어졌다. 유럽에 장기 여행을 떠나게 될 때도 시베리아횡단철도로 여유 있게, 시베리아 동토를 '의사 지바고Dr. Zhivago'(소련의 시인이자 소설가 B. 파스테르나크의 장편소설 주인공)처럼 기차로 달려 소련의 모스크바로 갔다가 파리로 가고 싶었지만, 그렇게 할 수 없었다. 무엇보다, 시베리아횡단철도를 타려면, 비행기로 한반도 동북쪽 블라디보스토크까지 날아가야 하는데, 그런 비행기 편이 없었을 뿐 아니라 1990년대까지 대한민국 국민은 소련 비자를 구할 수 없었다. 유럽 안을 여행하게 되어도, 짧은 회의 일정 때문에 유럽 여러 나라의 국경을 넘는 기차 여행을 즐길 수 있는 기회를 좀처럼 가질 수 없었다.

88세, 이 미수의 나이에 나는 이제는 할머니가 된 내 아내 함선영과 함께 평양으로, 신의주로, 압록강을 건너, 만주 벌판을 넘어, 시베리아횡단철도로 모스크바로 가서 크렘린궁을 관광하고, 파리로 기차 여행하는 꿈과 희망을 아직 버리지 않고 있다.

19. 일본의 기차 여행, 세계를 누비며

1979년 10월 26일, 박정희 대통령은 저녁 술 파티에서, 심복인 중앙정보부 부장의 총에 맞아 죽었다. 장장 18년의 철권통치가 끝났으나 곧 민주화가 되고 새로운 헌법에 따라 민주 정부가 수립되기를 바라는 민중의 열망을 배반하고, 전두환 장군이, 박정희 유신정권을 계승하겠다고 나섰다. 이어서 1980년 5·18, 저항의 땅 전라도 광주의 민중 민주항쟁을 무참하게 진압했다. 이 과정에서, 우리 대학에서 민주화를 부르짖고 학생들 편에 서서 유신정권을 반대해 온 대학교수들이 합동수사본부에 끌려가, 취조를 당하고, 대학에서 해직되었다. 나도 그중 한 사람으로 1980년 가을 학기 직전에, 이화여대 캠퍼스에서 추방당했다.

나의 해직 소식이 퍼지자, 미국과 제네바 등에서 세미나에 참석하라는 초청장이 날아들었다. 1970년대, 10년 동안

해외여행이 금지되어 한국이라는 '창살 없는 감옥' 생활을 해오다가, 그야말로 10년 만의 외출이 가능해진 것이었다. 나는 해외여행 금지가 풀리자 첫 번째 여행으로 인도로 날아갔다. 아시아기독교교회협의회CCA: Christian Conference of Asia의 주최로 열린 아시아신학자협의회였다. 그때 일본에서 온 신학자, 나고야 대학의 가지와라 사도시梶原 壽 교수를 만났다.

가지와라 교수가 서울에 왔을 때 우리 집에 머물며 친교를 두텁게 한 적이 있었는데, 이번에는 우리 내외가 가지와라 교수의 초청으로 나고야의 교수 자택에 머물면서 내외의 따뜻한 대접을 받았다. 그리고 나는 나고야 대학 강당에서 학생들 앞에서 일본말로 강연했다. 영어로 강연하면 일본말로 동시통역을 한다고 했지만, 나는 일본말로 강연하겠다고 했다. 내가 어떻게 일본말로 강연할 수 있는지, 일제시대, 우리말을 박탈당한 한국 민족의 아픔을 전달하는데, 적절하다고 생각해서 일본말로 했다. '중학생 수준'의 일본말 강연이었지만, 실감 나는 감동적인 강연이었다는 평을 받았다. 1988년 가을이었다.

그리고 1989년에는 일본 동북부 센다이에 위치한 여자대학에서 강연하기 위해, 도쿄에서 아내와 함께 기차를 타고 센다이로 여행했다. 강연이 끝나고는 일본 북단부에 위치한 아오모리에서 목회하고 있는 젊은 재일 한국인 목사의 초청으로, 다시 일본 기차를 타고 북상했다. 혼슈의 북단에 위치한 아오모리에 갈 때는 급행열차를 타지 않고, 모든 역을 거쳐 달리는 완행 보통열차를 타고, 일본 동북부의 풍경을 감상하고 즐기면서 기차 여행을 했다. 아내가 일본 기차 여행에서 제일 즐기고 좋아하는 것은 기차 안에서 도시락 판매원이 "벤또오, 벤또오" 하고 소리 지르며 파는 도시락이었다. 세계 최고라고 '찬양'하면서 즐겼다. 아내는 초등학교 5학년, 해방이 될 때까지 배운 일본말로, 그런대로 말이 통한다고 좋아했다. 다음 해 가을에는 일본의 명산인 후지산 바로 밑에 위치한 일본 YMCA 수련관에서 개최한 전국대회에 주제 강사로 초청되어 아내와 함께 도쿄에서 도잔소東山莊역까지의 짧은 기차 여행을 즐기기도 했다. 공학박사인 아내의 큰오빠가 일본 로봇 제작회사 화낙FANUC의 기술 고문으로 아내의 올케와 함께 도잔소 근처에 와 있었기에, 아내와 아내의 올케는 그 YMCA 모임에 와서, 내 일본말 강연을 방청하기도 했다.

세계교회협의회WCC: World Council of Churches는 나를 신학교육위원회 위원으로 임명해 WCC의 크고 작은 모임이 있을 때마다, 주제 강사로 초청해, 한국의 민주화 과정과 남북의 분단 문제 등을 기독교 신앙과 신학의 시각으로 이야기하게 했다. 특히 1984년 10월에 한국기독교교회협의회NCCK: The National Council of Churches in Korea가 WCC와 협력해, 남북분단 문제를 전 세계에 고발하고 한반도의 평화통일 운동을 전개하기 위해, 일본 도잔소 YMCA 수련관에서 세계교회 지도자들과 협의회를 개최했다. 북한의 그리스도교도연맹 지도자들을 초청했으나, 이들은 축전만 보내고 참석하지 못했다. 도잔소 회의가 계기가 되어, 1986년부터 한국 NCC와 WCC 주최로 스위스 제네바 근교의 글리온이라는 산촌에서 북한 교회 지도자들과 남한 지도자들이 회동하는 '글리온 회의'에 참석했다. 그리고 '88선언'이라는 한반도 평화와 통일에 관한 한국 교회 선언문을 기초했는데, 1988년 2월 29일 한국기독교교회협의회 총회 일동의 기립박수로 통과시켰다.

만 4년의 해직 기간 동안, 그리고 그 이후 1980년대는 세계 YMCA 연맹과 아시아 연맹 활동에 참여할 수가 있었다. 1985년 여름 세계 YMCA 대회가 덴마크에서 열렸는데, 대회 주제 강사로 초대되어 아내와 함께 처음으로 동부인하고 유럽 여행을 할 수 있었다. 대회가 끝나는 대로 우리는 암스테르담으로, 파리로, 로마로, 제네바로, 그리고 세계의 명산 몽블랑 등반으로……, 해직된 4년의 긴 세월 동안의 아픔과 분노를 치유할 수 있었다.

20. 영국의 기차 여행, 미국의 통근열차

1994년 여름에 아내와 나는 영국 런던에서 열리는 영국 YMCA 창립 150주년 기념 대회와 세계 YMCA 대회에 참석했다. 1844년, 영국 런던에서 세계 최초로 YMCA 운동이 시작된 것을 축하하는 기념 예배가 영국 국회의사당 바로 건너편에 위치한 웨스트민스터 성당에서 열렸다. 나는 그 해 세계 YMCA 연맹의 회장으로 선임되었기에 그 자격으로 웨스트민스터 성당 2층, 엘리자베스 여왕 바로 옆 좌석에 앉아 런던 YMCA 창설 150주년 기념 예배를 드렸다. 예배 후에, 성당 바로 앞에 위치한 강변에서 YMCA 회장단을 위한 여왕의 다과회 '티파티tea party'가 있었다. 다과회는 화기애애했다. 특히 나의 아내가 엘리자베스 여왕과 그야말로 격의 없는 대화를 즐기는 모습이 대견스럽고 자랑스러웠다.

세계 YMCA 대회 장소로 이동하기 위해 한국 YMCA 대표들과 일본·중국·홍콩 대표 등, 낯익은 아시아 YMCA 참가자들과 함께 런던 중심의 기차역으로 집결했다. 런던 시내에는 영국 사방으로 가는 아홉 개나 되는 기차역이 있었다. 우리 서울에는 서울역, 용산역, 청량리역, 영등포역, 이렇게 네 개의 기차 정거장이 전부인데, 아홉 개나 된다는 데 놀랐다. 제일 오래된 기차역이 1836년에 개통된 런던브리지역이라고 했다. 우리 일행은 YMCA 대회장인 워윅 대학교에 가기 위해 런던에서 두 번째로 오래되었다는 영국 서북부로 가는 유스턴Euston역으로 갔다. 한 시간 반 정도의 짧은 기차 여행은 철도 연변의 작고 큰 도시의 풍경을 보느라 바빴다. 대회장이 있는 소도시 이름은 코벤트리였고, 바로 북쪽에 버밍햄이 있다고 했다.

세계 YMCA 대회 벽두에 나는 정식으로 회장으로 임명되었고, 대회장의 역할을 하느라고 정신없이 바쁘게 뛰었던 기억이 전부라 해도 과언이 아니다. 그러나 대회에 참석하는 대표들을 동행한 남녀 배우자들을 위한 프로그램에 참여한 아내는 대회장 부근의 관광을 즐기고 있었다. 특히 영문학을 전공한 아내는 대회장 근처에 위치한 셰익스피어 생가 탐방에 참여한 것을 큰 보람으로 자랑했다.

영국이 세계 최초로 증기기관차를 발명한 나라이고, 19세기에 산업혁명을 일으켰고, 그 동력으로 온 세계에 식민지를 만들어서 영국의 국기 '유니언잭Union Jack'이 하강되는 시간이 없었다는 것 아닌가? 세계 최초의 증기기관차 발명의 해는 1804년이지만, 그 무거운 철마가 달릴 수 있는 근대식 철도는 1830년에야 리버풀에서 공업도시인 맨체스터 구간에 부설되었다고 한다.

1996년 6월, 32년 동안의 이화여대 교수직에서 정년퇴임했다. 이젠 좀 쉴 수 있을까, 조용히 '은퇴 생활'이라는 것을 즐길 수 있을까 했지만, 세계 YMCA 회장 일을 맡으면서 휴식도 '정착'도 나에게는 주어지지 않았다. 더구나 이화여대에서 은퇴하는 가을 학기부터 나의 신학대학원 모교인 뉴욕 유니언 신학대학원에 방문 교수Henry Luce Visiting Professor of World Christianity로 초빙되어, 아내와 함께 다시 뉴욕 직행의 대한항공에 올라탔다. 그리고 2년 뒤, 뉴욕의 유명한 허드슨강 건너 뉴저지주의 매디슨에 위치한 드류 대

학교 신학대학원에서 초빙교수로 '한국 신학'과 '아시아 신학'을 강의하게 되었다. 매디슨역에서 뉴욕의 펜 기차역까지는 한 시간 반 거리였다. 우리가 뉴욕으로 나갈 때면 이 '통근차'를 타게 되는데, 내 강의가 있는 날에는 아내는 홀로 배낭을 메고, 30대 젊은이처럼 그 기차를 타고 펜역에서 하차, 다시 뉴욕의 그 번잡한 지하철로 다니면서 친구들을 만나면서, 뉴요커처럼 세계적 도시 뉴욕을 즐겼다. 내가 아내와 함께 그 뉴욕행 통근차를 탈 때면 65세 이상이라고 50퍼센트 할인 표로 차에 오를 수 있었다. 흑인 차장이 차 안을 돌다가 내 할인 표와 내 얼굴을 번갈아 보면서 "운전면허증 보여주세요" 하고는 했다. 내 나이를 증명하기 위해 내 여권이나 운전면허증을 보여주어야 했다. 나는 거의 항상 즐거운 표정으로 내 나이를 증명했다.

그렇게 우리 내외는 뉴욕과 뉴저지주를 기차로 여행하며 즐겼다. 주말이면 뉴욕 북쪽에 위치한 부자 동네로 알려진 스카즈데일로 아내의 언니를 방문하기도 하고, 또 다른 동네에 위치한 이화여대 부속병원 의료원장이던 문병기 박사 댁도 방문하는 즐거움이 있었다. 미국의 시골 기차를 타고 한국 친구 댁을 방문하고 병문안 다니는 일 등으로 미국 생활을 분주하게 즐기고 있었다. 만 5년 동안 미국에서 보낸 은퇴 생활은 미국과 한국 신학생들의 신학적 고민과 성숙을 지켜보는 교수 생활로 보람이 있었고 활력이 있었다.

21. 홍콩과 중국, 그리고 아시아

21세기라고 하는 새천년이 열리면서 우리는 미국 생활에 안주하고 있었고, 드류 대학교 신학대학원에서는 종신 교수직으로 계속 강의할 것을 권유하고 있었다. 거절하기 어려운 유혹이었다. 그러나 내 유니언 신학생 시절부터의 친구이며 후원자인 팀 라이트는 반대했다. 내가 아시아와 한국에 필요한 사람이라는 것이다. 뉴욕에 'United Board for Christian Higher Education in Asia', 우리말로 하자면, '아시아 기독교고등교육 연합재단(이하 UB)'이라는 재단이 있는데, 이 재단은 1920년대 중국에 파송된 미국 개신교 선교사들이 세운 기독교 대학들을 재정적으로 지원하기 위해 설립되었다. 모택동이 공산혁명에 성공하는 1949년까지는 '중국교육재단China Board'이라는 이름으로 일했다. 모택동 이후에는 중국 외부의 동북아시아와 동남아시아 여러 나라에서 활동하다가, 등소평의 개혁·개방으로 중국의 대학들과의 관계가 재정립되었다.

21세기에 들어서면서 재단의 교육사업을 위한 사무실을 뉴욕이 아니라 아시아에 두자는 논의 끝에, 이른바 재단의 '아시아화Asianization'를 단행하자는 데 합의가 되었다. 재단 이사회는 재단 이사로 선임된 지 얼마 안 된 나에게 홍콩에 개설된 새 사무실의 책임을 맡아달라고 간청했다. 나의 친구 팀은 재단 이사장이었는데, 나야말로 홍콩의 새 사무실의 적임자라고 했다. 그리고 홍콩은 뉴욕보다 우리 아이들과 손자들이 있는 서울과 가깝지 않느냐는 것이었다. 아내는 미국 생활에 익숙하고 즐기고 있었을 뿐 아니라 다시 미국의 형제자매들과 이별해야 하는 것도 섭섭해했지만, 곧 팀의 간곡한 권유를 받아들여 홍콩행을 결심했다.

홍콩의 기독교 대학 중 하나인 침례교대학교香港浸會大學에서 마련한 사무실에서 프로그램을 계획하기 시작하고 대학의 교수 아파트에 입주했다. 그렇게 홍콩 생활을 시작한 지 며칠 후, 2001년 9월 11일, 저녁 식사를 하면서 텔레비전 저녁 뉴스를 시청하는데, 뉴욕의 마천루 세계무역센터The World Trade Center 건물에 비행기가 부딪치고 건물이 화염에 휩싸이는 것을 보았다. 꿈인가 생시인가? 이게 무슨 드라마였나? 나와 아내는 우리 눈을 의심했다. 그렇게 우리의 21세기가 시작되었다.

아시아는 넓었다. 아시아 지역에 산재한 대학 방문을 위해서는 항공편을 이용하는 수밖에 없었다. 중국 대학을 방문할 때는 상해로 날아가서 기차로 북으로는 북경으로, 서쪽으로는 남경으로 갔다. 어렸을 때 만주에서 기차로 여행하면서 느끼던 것과는 또 다른, 중국 본토의 농촌과 벌판, 두툼하게 보이는 시골집들……. 그 옛날 미국 작가 펄 벅이 쓴 소설 『대지』의 풍경을 눈앞에 보면서 '역사의 꿈'을 꾸며 기차 여행을 즐기기도 했다. 그리고 몇 안 되는 사무실 직원들과 아내와 함께 홍콩 바로 북쪽에 위치한 셔먼이란 도시를 관광한 적도 있었다. 그 도시 한가운데 있는 '피아노섬'에 배를 타고 들어가, 온 세계에서 사들여 전시하고 있는 피아노 박물관을 구경하면서, 유명한 피아니스트와 고전 음악가들과 함께 우리 클래식 기타리스트 아들과 피아니스트 며느리 생각을 하며 다녔다. 한번은 미국에서부터 우리를 만나러 온, 아내의 이화여대 동문 친구 내외와 함께 홍콩의 바로 옆 동네라고 하는 광주에 기차를 타고 갔다. 두 시간이 걸리는 도시인데, 등소평이 중국에 시장경제를 수용하고 개혁·개방을 시작한 도시로 유명했다. 홍콩에서 중국으로 국경을 넘을 때 우리는 여권을 제시하고 입국 허락을 받아야 했다. 홍콩이 중국에 1997년에 반환되어 '1국가 2체제'의 묘한 관계를 가졌는데, 홍콩에서 중국 영토로 왕래할 때도 외국 드나들듯이 해야만 하는 이상한 상태였다. 앞으로 우리나라도 '연방제'로 통일이 되면, 우리가 평양으로 여행할 때를 상상해 보기도 했다. 북경에서 회의가 열렸을 때는, 아내와 함께 만리장성 관광 프로그램에 낄 수 있었다. 만리장성에 담긴 많은 전설들 가운데 이 막대한 토건 사업에 희생된 중국 노역자들을 기억했다.

내가 일하던 UB에서 만주 동쪽에 위치한 연길延吉에 재미 교포 김진경 목사가 만주의 조선족을 위해 설립한 과학기술대학을 재정적으로 지원하기 위해, 2003년 겨울 북경을 거쳐 백두산과 두만강 근처에 위치한 연길로 갔다. 영하 20도에 눈이 1미터나 쌓인 소도시 연길의 한 언덕에 위치한 과기대에는 한국과 미국에서 자원봉사를 위해 모여든 교수들이 헌신적으로 강의하고 있었다. 나는 그 대학에서 내가 어렸을 때 처음으로 만주 생활을 한, 통화 근처의 쾌대모자에서 유학 온 조선족 학생을 만났다. 옛날 소학교 동기를 만난 기분이었다.

연길에서 가까운 용정에 가서 저 유명한 은진중학교를 방문하고 교정에 서 있는 윤동주의 시비를 넋을 잃고 쳐다보았다. "하늘을 우러러 한 점 부끄러움 없는 인생"을 명상하면서…….

22. 평양으로 가는 기차길

나는 2004년 5월 홍콩에서 북경으로 날아가, UB 미국 회장 딕 우드Dick Wood 박사와 연길과학기술대학 김진경 총장과 함께 북조선 영사관에서 비자를 받고, 북조선의 '고려항공기'로 평양의 순안비행장에 내렸다. 평양에는 6·25 전쟁 때 순교자 아버지를 묻어드리고 떠난 지 54년 만이었다. 19살 때 떠난 청년이 73세의 노인으로 돌아온 것이다. 북한 김정일의 요청으로 김진경 총장이 평양에 과기대를 신설하기 위해 UB에 재정 지원을 요청해서, 공사장 시찰차 평양으로 간 것이다.

평양의 첫인상은 '회색 도시'였다. 고려호텔 길 건너편에 늘어선 고층 아파트 건물들은 모두 회색 시멘트 민낯을 드러내어 어두웠고, 밤에는 전기가 아니라 촛불을 켜고 사는 것 같은 어둠의 도시였다. 고려호텔에서 대동강 다리를 건너 남쪽으로 뻗은 고속도로 옆에 평양과학기술대학 건설 공사장을 찾았다. 대동강 다리 남단에는 2000년 김대중 대통령 평양 방문 기념 아치가 서 있었다. 바로 4년 전 이야기인데도, 옛날 옛적으로 지나가 버린 일의 빛바랜 장식물로 보였다. 고속도로를 벗어나서 비포장도로 흙길로 들어선 북조선의 자동차는 우리 일행을 대학 건설 공사장의 흙더미 위에 내려놓았다.

남녀 병사들이 삽과 곡괭이로 흙을 파는 모습이 보였고, 우리 일행은 건설 사무실로 들어가, 공사 일을 전담한 중국 조선족 건설회사 사장의 공사 진행 상황 안내와 설명을 들었다. 공사 작업을 하는 군복 입은 젊은이들은 북한 정부가 차출한 현역 군인들이라고 했다. 그들은 임시 숙소 마룻바닥에 침구도 담요도 없이 추운 겨울을 지냈으며, 내복 없이 낡아빠진 빛바랜 군복을 입고 힘든 노동을 하고 있다고 했다. 감기에라도 걸리면, 마약 한 알 던져주면 그만이라는 처참한 이야기를 하면서, 우선 내복이라도 입혀야겠고 감기약이라도 먹일 수 있었으면 좋겠다는 절박한 눈물겨운 이야기를 들었다. 공사판에 나가 보니, 남녀 군인들이 줄 서서 벽돌 한 개를 릴레이식으로 받아 옮기고 있었다. 힘에 겨운지 그런 운반 속도로는 이 대학 건물이 완성되려면 10년은 걸릴 것 같은 한심한 모습이었다. 때마침 지나가는 남녀 군인에게 나이를 물었더니, 남자는 20살이고 여자는 22살이라고 하며 경례를 깍듯이 했다. 우리는 두 사람 모두 15살 정도라고 짐작하고 있었는데, 영양실조 때문인가? 하긴 당시 북한을 방문한 일본의 경제학 교수가 했던 말이 생각났다. "북조선 군인의 80퍼센트는 소총을 들 만한 힘도 없는 병약한 군대"라고 했던 것 같다.

우리 방문단 일행은 대학교 공사 현장 시찰을 끝내고, 평양 관광 안내를 받았다. 점심 식사로는 저 유명한 대동강 북쪽, 모란봉 기슭에 지은 으리으리한 대리석 궁전 같은 '모란각'에서 평양냉면 대접을 받았다. 대동강 한가운데 나무로 울창한 작은 섬, 능라도를 내려다보면서, 나는 진짜 평양냉면을 즐겼다.

그리고 우리 일행의 관광 코스는 대동강 건너, 평양의 '강남'에 우뚝 솟아 있는 '김일성기념탑'이었다. 승강기를 타고, 멀리서 보면 송곳 끝 같은 정상 옥상에 올라섰다. 나는 평양의 강남 산 밑에 위치한 옛날 우리 목사 아버지의 교회를 찾아보았다. 아파트촌이 들어서 있었다. 그쪽을 바라다보고 있는데, 정부가 차출해 준 안내원이 어디를 그렇게 열심히 바라보고 있느냐면서 말을 걸어왔다. 아버지 산소가 있는 곳을 바라보고 있다고 했더니, 우리 아버지 직업을 묻는다. 목사였다고 하자, "아, 성분이 나쁜 사람이었군……" 혼잣말처럼 말하며 나를 힐끗 쳐다보는 것이었다.

일요일이 되어 우리는 평양 봉수교회 아침 예배에 초청되어 갔다. 스위스 제네바에서 1989년에 글리온 남북 교회대표회의에 북측 기독교도연맹 참석자들의 통역으로 왔던 김혜숙 선생을 반갑게 만났다. 200명가량 되는 교인들 앞에서 나는 담임목사의 소개로 인사말을 하게 되었다. 60대, 70대로 보이는 교인들 앞에 서자 눈물이 앞을 가렸다. 그러나 터져 나오는 눈물을 억누르고, "대동강은 50년 전과 다름없이 유유히 흐르고, 모란봉의 소나무는 옛날처럼 변함이 없이 푸르고 아름다운데, 세상은 너무도 많이 변했습니다……." 그리고 나도 울고 거기 모인 교인들도 함께 눈물을 흘렸다. "남한의 기독교인들은 여러분을 위해서 기도하

고 있습니다. 온 세계의 기독교인들이 우리나라의 통일을 위해서 기도하고 있습니다. 저는 잠시 왔다 가지만, 이제 곧 다시 오겠습니다. 그때는 서울에서 우리 집 할머니와, 아들 며느리, 손자 손녀 다 함께 기차 타고 오겠습니다. 그리고 오늘처럼 여러분과 함께 주일예배 드리러 오겠습니다." 온 교인과 나는 함께 소리 내어 울음을 터뜨렸다.

23. 이어질 기차길, 끊어질 나그네길

2006년 8월, 홍콩 UB 부회장의 임기를 마치고, 일산 신도시로 돌아왔다. 이제부터는 오대양 육대주 온 세상을 떠돌이처럼 돌아다니는 나그네 생활을 그만하고, 정말 조용히 '은퇴 생활'을 즐기기로 했다.

그러나 그 '결심'은 오래가지 못했다. 한국기독교교회협의회 일꾼들과 한국 YMCA 전국연맹 동지들은 나를 다시 불러냈다. NCC에서는 1988년 한국 교회 이름으로 발표한 '88선언'(민족의 통일과 평화에 대한 한국기독교회 선언), 즉 조국의 평화와 통일을 염원해 오재식, 강문규, 이삼열, 김용복 등 9인 기초위원이 만든 역사적인 선언문을 해설하고 보급하고 선전하고 실천에 옮기는 평화통일 운동에 가담했다. 그러나 2000년 김대중 대통령의 평양 방문 남북 정상회담의 햇볕정책과 노무현 대통령의 2007년 평양 회담, 그리고 금강산 관광, 이산가족 상봉 잔치, 개성공단 경제협력 등등, 남북 교류와 경제협력의 길은 오래 이어지지 못했다. 내가 관여한 남북평화재단에서 중고품 자동차와 트럭들을 싣고 38선 분단선을 넘어 개성에 가서 북한 당국자들에게 전달하고, 평양에서 실어 온 옥류관 냉면 대접을 받고, 정몽주의 선죽교를 건너보고, 나무 한 그루 보이지 않는 북한의 헐벗은 산과 언덕을 보고 한숨지으며, 다시 38선을 넘어온 기억이 새롭다. 그리고 10년 동안 북한으로 가는 길은 다시 봉쇄되었다.

한국 YMCA 연맹 지도자들은 한반도 평화통일 운동에 앞장서야 한다고 각종 집단 토론과 프로그램을 운영하고 젊은이들이 한반도의 평화통일에 관심을 가지도록 하는 운동을 전개해 왔다. YMCA의 젊은이들은 전국적으로 중고 자전거를 수집해 몇천 대를 육로로 배편으로 평양에 보내기도 했다. 2008년부터는 2년에 한 번씩 한국과 중국 그리고 일본의 YMCA가 번갈아 가며 '한·중·일 평화대회'를 열고 있다. YMCA 지도자 정지석 박사는 철원에 이주해 그곳에 '국경선 평화학교'를 설립하고, YMCA 청년 회원들과 세계

각국에서 한국을 방문하는 그리스도인들을 초대해, 한국의 역사와 한반도 분단 현실을 보여주고 평화교육과 통일교육을 실시하기 시작했다. 2010년부터였다.

나는 우리 가족, 아내와 아들 며느리, 손자 손녀와 함께 정지석 박사의 안내로 '민통선' 안에 위치한 국경선 평화학교를 둘러보며, '비무장지대DMZ'라고 하는 것이 얼마나 무섭게 무장한 전쟁터 같은 곳인지를 실감했다. 정 박사의 초청으로 평화학교에 강의하러 갈 때면 서울 청량리역에서 전철로 동두천에 가서 기차로 갈아타고 '백마고지역'에서 내리면 거기가 철원이다. 그곳에서 끊긴 철로가 연결되면 북한의 원산까지 기차 여행을 할 수 있고, 원산에서 다시 기차를 타면 함경남도와 북도를 거쳐 두만강을 건너 블라디보스토크에서 시베리아횡단철도를 타고 모스크바로, 파리로 갈 수 있게 된다.

2018년 1월 평창에서 동계올림픽 개최와 함께 평화의 봄바람이 불기 시작했다. 9월에는 남북 정상들이 평양에서 만나 끊어진 경의선과 경원선을 연결하고 동해안 철도도 개통하기로 합의했다. 우리 내외는 6월 12일 북한 김정은과 미국 트럼프 대통령이 남쪽 나라 싱가포르에서 역사적인 최초의 북미 정상회담이 열리는 날, 우리의 결혼 54주년 기념일을 자축하기 위해 평창 동계올림픽을 위해 새로 부설된 KTX 고속철 기차를 탔다. 서울역에서 강릉역까지 두 시간 걸렸다. 동계올림픽 때 북한의 젊은 선수들과 김정은의 여동생 김여정이 타고 평창으로 서울로 왕래한 그 기차를 탄 것이다.

이제 머지않아 우리 가족 모두 함께 평양행 기차에 오를 것이다. 평양으로 가서 순교자 아버지의 묘를 찾아 성묘하고, 평양 봉수교회의 주일예배에 참석하고, 인사말을 통해 내가 다시 왔노라고, 내가 약속을 지킬 수 있게 되어 하나님께 감사한다는 '간증'을 하게 될 것이다. 그리고 나의 고향 강계까지 가서, 6·25 전쟁 때 크리스천이라고 희생당한 나의 어릴 적 사랑하는 김연희 선생님 내외와 나의 외삼촌 내외, 그리고 내 나이 13살에 돌아가신 나의 어머니를 추모하는 예배를 드릴 것이다.

지금 내 나이 88세, 90세가 되는 2020년에 아니면 그 이전에라도 나의 평생소원을 이루고 싶다. 그렇게 된다면, 나

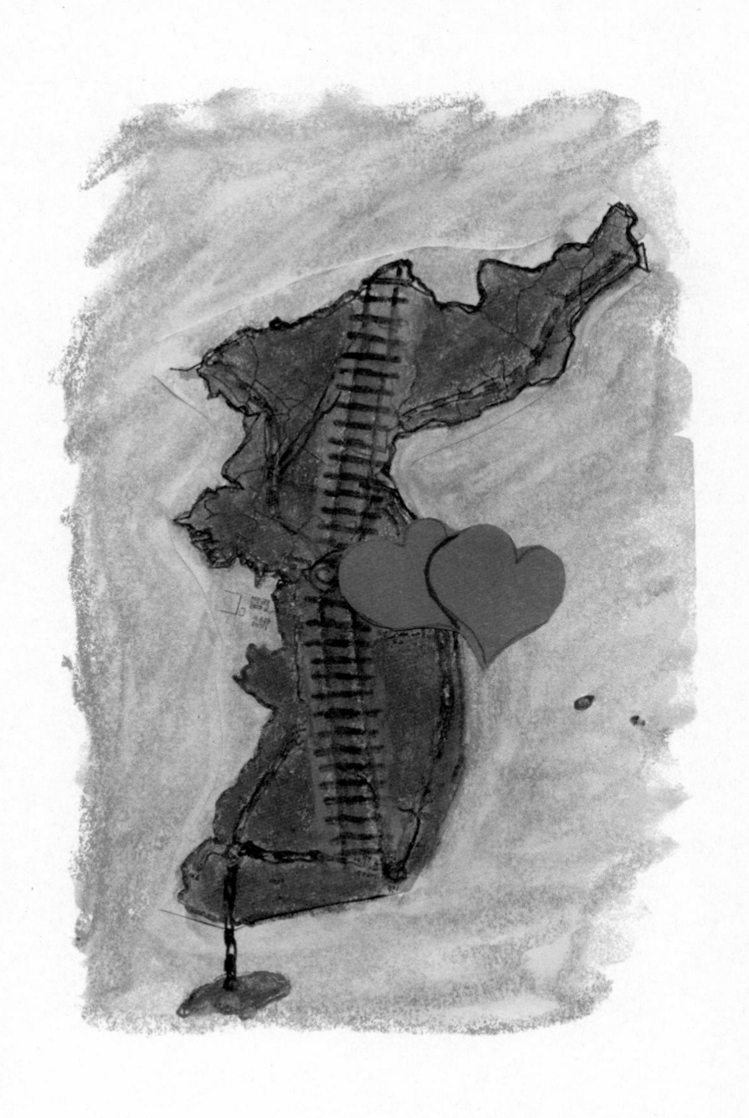

의 기차길 위의 나그네 인생도 마감될 것이고, 평화롭게 감사하는 마음으로 숨을 거둘 수 있을 것이다.

침략의 기차길, 나그네길은 끊어지고, 이제 평화의 기차길이, 새 시대와 함께 열리는 날을 꿈꾸면서…….

지은이

서광선은 1931년 평안북도 강계에서 태어났으며 대한민국 해군에서 복무했다(1951~1956년). 미국에서 철학으로 학사와 석사학위를 받았고 뉴욕 유니언 신학대학원에서 신학석사M.Div를 수료했으며 밴더빌트 대학교 대학원에서 철학박사Ph.D학위를 받았다. 귀국 후 이화여자대학교 교수로 재직하며(1964~1996년) 동 대학교 문리대학장, 교목실장, 대학원장 등을 역임했다. 정치적 이유로 해직당했다가(1980~1984년) 그 기간 중에 장로회신학대학교에서 수학해 대한예수교장로회(통합) 목사로 안수를 받고 압구정동 현대교회를 담임했다. 세계 YMCA 회장을 역임했고(1994~1998년) 미국 뉴욕 유니언 신학대학원, 미국 드류 대학교 신학대학원, 홍콩 중문대학교 초빙교수로 활동했으며, 홍콩 주재 아시아 기독교고등교육 연합재단United Board for Christian Higher

Education in Asia의 이사 및 부회장을 역임했다(2001~2006년). 저서로는 『종교와 인간』, 『기독교 신앙과 신학의 반성』, *The Korean Minjung in Christ* 등 다수가 있다. 현재 이화여자대학교 명예교수이며 ≪신학과 교회≫ 편집위원장 일을 했다(2014~2016년).

기차길 나그네길 평화의길

지은이 서광선 | **펴낸이** 김종수 | **펴낸곳** 한울엠플러스(주)
편집책임 최진희 | **편집** 조일현
초판 1쇄 인쇄 2019년 9월 23일 | **초판 1쇄 발행** 2019년 9월 30일
주소 10881 경기도 파주시 광인사길 153 한울시소빌딩 3층
전화 031-955-0655 | **팩스** 031-955-0656 | **홈페이지** www.hanulmplus.kr
등록번호 제406-2015-000143호

Printed in Korea.
ISBN 978-89-460-6814-8 03810
* 책값은 겉표지에 표시되어 있습니다.
** 이 도서의 오디오북은 별도로 판매합니다.